लच्छी

सयाने समय की नयी बात

भूमिका जोशी

वाणी प्रकाशन

वाणी प्रकाशन

4695, 21-ए, दरियागंज, नयी दिल्ली 110 002

फ़ोन : +91 11 23273167 फ़ैक्स : +91 11 23275710

शाखाएँ

अशोक राजपथ, पटना 800 004, बिहार

कॉफ़ी हाउस कैम्पस, महात्मा गांधी मार्ग, इलाहाबाद 211 001, उत्तर प्रदेश

महात्मा गांधी अन्तरराष्ट्रीय हिन्दी विश्वविद्यालय, वर्धा 442 001, महाराष्ट्र

सुल्तानिया रोड, मोतिया पार्क, भोपाल 462 001, मध्य प्रदेश

www.vaniprakashan.com
marketing@vaniprakashan.in
sales@vaniprakashan.in

LACHCHHI
by Bhoomika Joshi

ISBN : 978-93-89563-37-5
Novel

प्रथम संस्करण 2020

मूल्य : ₹ 299

• *जयंत प्रिंटरी, एलएलपी, मुम्बई-02 में मुद्रित* •

वाणी प्रकाशन का लोगो मक़बूल फ़िदा हुसेन की कूची से

मेरे ननिहाल
माँ के ननिहाल
नानी के ननिहाल
और
दुनिया भर के ननिहालों के लिए

अनुक्रम

पौ

अप्रैल 2013 में लन्दन के हीथ्रो एयरपोर्ट में अपने भारी–भरकम सूटकेसों को एयरलाइन के हवाले करते समय मैंने यह तो सोचा ही नहीं था कि मैं लखनऊ पहुँचकर करूँगी तो क्या? इतना पता था कि लन्दन में अब और नहीं रहना था। वीज़ा की अर्ज़ी और गिनती की मेहनत करने की कोई चाहत भी न थी। इतना तो पता था कि घर पहुँचकर जल्द ही कुछ–न–कुछ तय कर लूँगी। पर ये तो बिल्कुल भी नहीं पता था कि क़दम और क़िस्मत पहाड़ों की ओर, अल्मोड़ा ले पहुँचेंगे।

2013 साल ही अनोखा था, अजब भी। जहाँ मैं तीन साल बाद ऑक्सफ़ोर्ड से पढ़कर और लन्दन में नौकरी कर घर वापस पहुँची थी, वहीं बहुत सालों बाद उत्तराखण्ड के पहाड़ों में आपदा का क़हर भी। गढ़वाल के कई इलाक़ों में और ख़ासकर केदारनाथ, बद्रीनाथ और हनुमान चट्टी जैसे तीर्थस्थलों में भीषण बाढ़ और बादल फटने के कारण बहुत तबाही मच गयी थी। लखनऊ पहुँचकर मन में यह इच्छा तो घर कर गयी थी कि कहीं जाना है तो अल्मोड़ा। दिल्ली में कॉलेज के दौरान बिताये गये दिनों और जाने–पहचाने चेहरों और रास्तों से, सुनी–सुनायी बातों और सम्भावनाओं से मन ऊब चुका था। लखनऊ में घर के आराम में कोई सम्भावनाएँ पैदा ही नहीं हो सकती थीं। अल्मोड़ा गये अरसा हो चुका था और पता नहीं ऐसा क्यों लगने लगा था कि कुछ होगा तो वहीं। घरवालों को लगा कि ज़्यादा पढ़–लिखकर माथा ठनक गया है, कोई सनक

चढ़ गयी है। नहीं तो लन्दन की नौकरी और दिल्ली की प्रॉमिस छोड़कर कोई अल्मोड़ा की तरफ़ क्यों लाँघे भला? और वो भी उसी महीने में जब आपदा के आतंक ने पूरे देश को सहमा दिया हो? यह अलग बात है कि कई बार लोगों को समझाना पड़ा कि पूरा का पूरा उत्तराखण्ड ही बाढ़ में नहीं डूब गया है।

पर मुँह उठाकर अल्मोड़ा पहुँच भी गयी तो क्या होगा? इतना सोचकर उत्साह कम न हो, इसलिए मैंने सोचा ही नहीं। यह ज़रूर पता था कि एक चीज़ है जिसके बारे में फ़िक्र नहीं करनी पड़ेगी, और वह है रहने का ठिकाना। अल्मोड़ा पहुँचने से पहले ही नाना–नानी के घर–श्री विश्वनाथ निकेतन की कल्पना ने मन को बाँध लिया था। बचपन की यादों का विश्वनाथ निकेतन, मेरा ननिहाल विश्वनाथ निकेतन। कुछ उन यादों ने और कुछ उन यादों को ताज़ा करने के जोश ने मुझे अल्मोड़ा पहुँचा ही दिया।

जाते–जाते दिमाग़ में फिर कौंधा–करूँगी तो क्या? ख़याल आया कि जो आता है, वही करना चाहिए। पिछले दो–तीन सालों से महिलाओं के अधिकारों से जुड़ी मुहिमों और कार्यक्रमों को सशक्त करने और उन विषयों में लिखा–पढ़ी करने का काम ही किया था। रिपोर्ट बनाना, अख़बारों में लिखना, वकीलों से मिलना, वग़ैरह–वग़ैरह। पर मन में शंका भी थी कि अल्मोड़ा में यह सब किस बूते पर होगा? थोड़ी जाँच–पड़ताल की और कुछ छोटी–मोटी सम्भावनाएँ दिख पड़ीं। उसी आश्वासन से सामान बाँध लिया। और बोर न हूँ इसलिए एक–दो उपन्यास और मशहूर पाकिस्तानी टी.वी. ड्रामा–'धूप किनारे' की सी.डी. भी।

लखनऊ से काठगोदाम तक के ट्रेन के सफ़र और काठगोदाम से अल्मोड़ा तक के टैक्सी के सफ़र में थकान तो लग ही जाती है। पर तेरह साल बाद वाले इस सफ़र में क्या बदला है और क्या नहीं वाली गिनती लगातार दिमाग़ में चल रही थी। सब कुछ धुँधला–सा रहा था–यादें आपस में मिल–जुल रही थीं और समझ ही नहीं आ पा रहा था कि क्या हुआ था और क्या नहीं?

विश्वनाथ निकेतन के दरवाज़े भी लगभग 8–10 साल बाद 2013 में ही खुले थे। सबसे छोटे नाना और नानी कुछ महीनों के लिए अल्मोड़ा आये हुए थे। उन्हें आये हुए भी थोड़ा ही समय हुआ था। जून की उस अँधेरी होती हुई शाम के समय टैक्सी जैसे ही घर के गेट के सामने रुकी, वैसे ही कल्पनाओं और यादों का सिलसिला थम–सा गया। पत्थर, मिट्टी, गारे और सीमेंट की इमारत ने जैसे ख़ुद को मुझमें ही गोद दिया। आतुर से पैर ख़ुद ही सँभल गये और बेचैन–सी नज़रें भी ख़ुद ही टिक गयीं। पाँच छोटे–छोटे क़दमों से सड़क को नापकर पाँव घर के अन्दर भी ले चले। छोटे नाना–नानी से मिलकर थोड़ी बहुत बातचीत हुई ही थी, सामान सँभालना भी बाक़ी था, पर मन को रोका न गया। एक कमरे से दूसरे कमरे जाने के लिए जैसे कमरे ख़ुद ही आवाज़ लगा रहे हों। कमरों के बीच बनी देहलियाँ जैसे आपस में कुछ फुसफुसा रही हों। पर्दों के बीच बहती हुई हवा उन्हें हिला–हिलाकर मानो इशारे कर रही हो। थोड़े अटपटेपन से कुर्सी से उठ तो गयी पर समझ ही नहीं आ पा रहा था कि जाऊँ तो किस ओर? जैसे ही पहली ऊँची चौखट लाँघने के लिए पैर उठाया, वैसे ही नज़र सीधे चौखट पर बने ऐपण पर रुक गयी।

पहाड़ी–कुमाऊँनी घरों में ऐपण का ख़ास महत्त्व है। जैसे बंगाल में अल्पना का, केरला में कोलम का और जगह–जगह रंगोली का। गेरू के लेप पर चावल के आटे के घोल से हाथ द्वारा ज़मीन पर अनेक प्रकार के डिज़ाइन बनाये जाते हैं। हर अवसर के लिए कोई–न–कोई शुभ आकार या चिह्न। इन सबमें सबसे ज़्यादा बनने वाले हैं लक्ष्मी के पाँव जिन्हें पहाड़ी में 'पौ' कहते हैं। हाथ की मुट्ठी बाँधकर उसे चावल के घोल में भिगोकर ज़मीन पर कुछ ऐसे छाप मारते हैं कि छोटी उँगली की ओर से कलाई तक का आकार छोटे से 'पौ' की रूपरेखा छाप देता है। इन्हीं के ऊपर अँगूठा और उँगलियाँ बनाकर शुभ माने जाने वाले लक्ष्मी के छोटे–छोटे 'पौ' तैयार हो जाते हैं। ऐपण पर बने इतने

छोटे लक्ष्मी के पौ मुझे हमेशा ही लच्छी के छोटे पाँव की याद दिलाते हैं। लच्छी, मेरी नानी। आठ साल पहले तक विश्वनाथ निकेतन की इन्हीं चौखटों को अपने छोटे–छोटे पाँवों से लाँघने वाली लच्छी।

लक्ष्मी, लक्ष्मन, लच्छी

मैं और मेरा भाई आकाश, नानी को उनके छोटे पाँवों से जानते हैं। इतने छोटे पाँव कि अगर जूते–चप्पल की दुकान में बच्चों के सेक्शन से छोटी चप्पल ले आओ तो भी एड़ी, चप्पल की पिछली तरफ़, थोड़ी जगह छोड़ ही देती थी। नानी के चलने पर उसकी एड़ी और चप्पल के बीच के फ़र्क़ की आवाज़, फ़र्श को छूते हुए जो शोर करती थी हमारे मन में नानी का परिचय उस आवाज़ से ही होता था। मानो एक बत्तख के पाँव पानी से ज़मीन के छोर की तरफ़ आ रहे हों। जगत की लच्छी, नाना की लक्ष्मन, माँ की चाची और बच्चों की पान नानी, नानी के जितने स्वरूप हैं उतने ही जानने वाले भी। लच्छी नातिन[1] कह भर दो तो कुमाउँनी समाज में विरले ही लोग होंगे जो पहचान न पायें। मैं अक्सर सोचा करती थी कि नानी को इतने लोग जानते कैसे हैं? हर जगह रिश्तेदारी बनती और सँभाली कैसे जाती है? आज के ज़माने के अनुरूप अगर श्रीमती लच्छी तिवारी फ़ेसबुक पर होतीं तो शायद उनके हज़ार–डेढ़ हज़ार मित्र अवश्य होते। पर मुझे सबसे ज़्यादा आश्चर्य इस बात का होता है कि जिस लच्छी को घर से बाहर अपनी मर्ज़ी से आने–जाने की न ही अनुमति थी और न ही चिट्ठी–पाती करने का समय, उस लच्छी के इतने जानने वाले हुए, तो हुए कैसे?

---

1. कुमाऊँनी में 'नातिन' का तात्पर्य बेटी के बच्चों से होता है।

एक वजह तो यह हो सकती थी कि माता–पिता के 10 बच्चों में 1933 में जन्मी सबसे बड़ी बेटी लच्छी ही थी। ललित, उमा, रमा, मन्चू (महेश), प्रेमा, चन्नू (गिरिजा), पप्पी (नरेश), रीता, सरिता की क़तार में ललित और उमा के बीच खड़ी लच्छी का जन्म एक बड़े परिवार में हुआ था। जैसे कि सृष्टि ने लच्छी को उसके जीवन के लिए प्रशिक्षण देना आरम्भ से ही आरम्भ कर दिया था। लच्छी का जीवन नैनीताल में बीता। तल्ली ताल की तेज कुटीर में, रामलीला ग्राउण्ड के पास वाली। वहीं लच्छी ने शादी से पूर्व परिवार सहित अधिकांश समय व्यतीत किया। सरकारी स्कूल के अध्यापक पिताजी और गली–मोहल्ला के बिरादर देवीदत्त जोशी की लाड़ली लक्ष्मी का 'लक्ष्मन' नामकरण प्रेमपूर्वक स्वयं उन्होंने ही किया था। छोटे भाई–बहनों की देखभाल, घर के कामकाज और भक्ति संगीत के इर्द–गिर्द घूमने वाला जीवन लच्छी को शायद हमेशा ही भाता था। पिताजी भीमताल के स्कूलों में टीचर और माताजी भीड़भाड़ से भरे घर की संचालिका, लोगों का आना–जाना और रसोई में निरन्तर चूल्हा जलता रहना, जैसे कि एक बड़े परिवार की सामान्य गृहस्थी।

शायद ज़्यादातर लोग अपने बचपन को लुभावने अनुभव के रूप में ही याद रखना चाहते हैं। नानी से भी मैंने उनके बचपन की यही कहानियाँ सुनीं। समुदाय सूचक मोहल्लों में बँटे पहाड़ी नगरों और क़स्बों के भूगोल में शादी से पहले गल्ली–मोहल्ले की लक्ष्मी जोशी और शादी के बाद जाखन देवी की लक्ष्मी तिवारी तो वैसे भी अपना पूरा जीवन बचपन की मासूमियत से जीती रही। भाई–बहनों की लच्छी दीदी की ईजा[1] श्रीमती मोहिनी जोशी जो प्रेमपूर्वक घण्टी बुलाई जाती थी, वह स्वयं ठुल[2] दीदी कहलाती थी। लच्छी भी अपने जीवन में 'दीदी' नुमा आचार–व्यवहार के लिए ही प्रतिष्ठित हुई। लच्छी को हमेशा बड़ी इच्छा होती कि

1. कुमाऊँनी में 'ईजा' का अर्थ 'माँ' होता है।
2. कुमाऊँनी में 'ठुल' का अर्थ 'बड़ा' होता है।

उसके भाई–बहन उसे 'दीदी' कहकर पुकारें, अगर वे दीदी कह भर देते तो 'दीदी' के आगे कुछ भी जोड़कर अपनी इच्छा भी पूरी करा लेते। बिन्दी और दो गुँथी हुई मोटी चोटियों से घिरे हुए गोलाकार चेहरे वाली लच्छी दीदी की मैं जब भी कल्पना करती हूँ तो 'ब्लैक एंड व्हाइट' फ़िल्मों की रील में क़ैद एक सरल सुन्दर छवि मेरे सामने उतर आती है।

लोहाघाट, कर्णप्रयाग, मेरठ, सहारनपुर, इलाहाबाद जैसे उत्तर प्रदेश के कई पहाड़ी और मैदानी इलाक़ों के सरकारी स्कूलों में अपनी सर्विस के बाद श्री देवीदत्त जोशी ने ज़्यादा समय नैनीताल में ही बिताया और वहीं उनकी संगत बनी। होली के दौरान संगीत की बैठक और दिवाली में ताश की महफ़िल। पर्व–त्योहार के शौक़ीन देवीदत्त संगीत और बैठकों के पेटरन समान थे। अगर होली के कुछ महीने पहले से बाक़ी पहाड़ी समाज की तरह घर–बार कृष्ण की खड़ी होलियों में सराबोर हो जाता तो अक्सर ही सन्ध्या को भजन भक्ति में। कभी मीरा का ध्यान होता तो कभी शिव का, कभी निर्गुण की अर्चना होती तो कभी श्याम की आभा की, मजलिसें लगी रहतीं। जहाँ बड़े दद्दा ललित माचिस की डिबिया से ही तबला बजा लेते थे, वहीं चन्नू का नक़ल और नाटकीयता में कोई जवाब ही नहीं था। बर्फ़ के शिव बनाकर पप्पी अपनी कलाकारी पुख़्ता कर देता और रमा, प्रेमा, उमा, लक्ष्मी स्वरूप लच्छी कण्ठ की धनी। उस परिवेश में घर में ही निरन्तर फ़िल्मनुमा स्थिति बनी रहती थी। शायद इन्हीं भजन सन्ध्याओं में बीते बचपन की छवि लच्छी के जीवन में गहरी अंकित है। जब भी मैं चोरी–छिपे नानी की चीज़ों को टटोलती हूँ तो डायरी के पन्नों में, काग़ज़ के टुकड़ों पर और गैस के भुगतान बिल के पीछे भजनों की पंक्तियाँ और गीतों के टुकड़े अनायास ही मिल जाते हैं। एक दिन जब लच्छी की शादी के पूर्व के जीवन के बारे में उनकी छोटी बहन प्रेमा (नानी) से चर्चा कर रही थी, तो शाम को ढलती हुई धूप में बैठे हुए प्रेमा नानी ने नानी के संगीत

प्रेम का एक सटीक क़िस्सा सुनाया। नैनीताल में स्कूल के दौरान लच्छी की संगीत अध्यापिका श्रीमती सान्याल नामक एक बंगाली महिला थीं जो लच्छी को संगीत प्रतियोगिताओं में भाग लेने के लिए प्रोत्साहित करतीं। एक संगीत प्रतियोगिता के अवसर पर लच्छी स्टेज पर चढ़ी और तानपुरा लेकर बैठ गयी। तानपुरे का पहला स्वर छेड़ते ही लच्छी को समझ आ गया था कि उसके स्वर सधे हुए नहीं हैं पर झिझकती हुई लच्छी ने बेसुरे तानपुरे के सहारे ही अपने सुर लगाये, और इनाम भी जीता।

बीसियों साल बाद भी जब नानी "राम मिलन के काज सखी मोरी आरती उर में जागी रे" वाले मीरा भजन का स्वर छेड़ती तो इस श्रद्धा से कि मानो सच में राम से मिलकर आ रही हो। बारहवीं तक पढ़ी हुई लच्छी ने स्कूल में विषय भी संगीत ही चुना था, और उनमें उसे सबसे प्रिय थे मीरा के भजन। 17वीं शताब्दी की मीरा दुनियाभर में जानी गयी तो कृष्ण भक्ति के लिए। पर नानी का प्रिय मीरा भजन राम मिलन वाला था। यही संकेत देते हुये कि गृहस्थ जीवन और उसकी कार्यवाही से कृष्ण का परिचय इतना कभी न हुआ जितना राम का, जैसे–स्वयं लच्छी के जीवन में। लच्छी जो कण्ठ से मीरा है, किन्तु गृहस्थ जीवन की वजह से मीरा न हो सकी। पर उसकी आस्था की विशालता मीरा से कम भी नहीं थी।

लच्छी का वैवाहिक जीवन उसके दाम्पत्य जीवन के इर्द–गिर्द तो घूमता ही था, परन्तु उसके परे भी था। जिसने भी लच्छी को जाना है, वह यह ज़रूर जानते या समझते हैं कि उसके जीवन में विवाह का एक जटिल महत्त्व है। अपनी पीढ़ी और समय की अन्य महिलाओं के समान विवाह उसके जीवन में न केवल एक नयी पहचान लाया बल्कि जीवन के प्रति एक नया रुझान भी। 21 वर्ष की आयु में जब लच्छी विवाह कर अल्मोड़ा की माल रोड से लगे श्री विश्वनाथ निकेतन में आयी तो अपने मैत[1] जैसे बड़े परिवार

1. कुमाऊँनी में 'मैत' का अर्थ मायका होता है।

में सामंजस्य बिठाने में उसे कठिनाई नहीं हुई। रंगीली–गठीली लच्छी बच्चों की चाची और बड़ों की लच्छी बनकर प्रिय हो गयी। दस भाई–बहन वहाँ थे तो सात भाई–बहन यहाँ भी।

विवाह होकर आयी नयी बहू लच्छी के, मैंने नानी बनने के उपरान्त कई क़िस्से सुने। उनमें से एक मेरा फ़ेवरिट है। नयी बहू लच्छी के अल्मोड़ा आगमन पर काफ़ी उत्साह रहा होगा। एक दिन घर की छोटी ननद पद्मा और भांजी मुन्नी को नयी रिलीज़ हुई फ़िल्म–'साहब, बीवी और गुलाम' देखने का चस्का उठा। नियमानुसार फ़िल्म देखने के लिए घर के बड़ों की अनुमति लेना ज़रूरी था। साँस रोककर रेस लगाने जैसा–जीत गये तो ख़ुशी का ठिकाना नहीं, और असफल रहे तो साँस वहीं अटकी रह जाये। लच्छी घर में नयी थी, तो उसका भी ट्रायल हो जाये सोचकर, उसको ही उसके ससुर के पास भेज दिया–परमिशन लेने के लिए। सर पर पल्ला ओढ़े और आँखें नीचे किये, उनके कमरे में पहुँचकर लच्छी बुदबुदायी–'एस ने' (ऐसा है न) और इसके अलावा मुँह से और कुछ निकले ही नहीं। 'एस ने', लच्छी का गला वहीं अटक गया। ज़मीन पर बिछी फीणे की चटाई (गेहूँ की घास से बनी हुई) को हलके–हलके नोचकर लच्छी बोलती रही–'एस ने'। ससुर जी ख़ुद ही बोल पड़े–''सिनेमा देखने जाना है?'' लच्छी के एक और बार 'एस ने' कहने से पहले ही वे थोड़ा–सा सख़्त होकर बोले–"अब गाड़ी मँगवा ही ली है तो पूछने का क्या मतलब?" जब तक लच्छी चटाई को नोच–नोचकर आधा कर चुकी थी तब तक बाक़ी लोगों ने जाने का इन्तज़ाम भी कर डाला था। नयी बहू को वैसे भी कोई मना कैसे करेगा? मेरे मन में एक यह छवि है लच्छी की और एक वह जो 2014 की सर्दी से लेकर आज तक मैं भुला नहीं पायी हूँ।

इनकी वजह से मैं घिरी हुई हूँ

अपना मंगलसूत्र, लाल चूड़ी और बिन्दी नाना के शव के पास बैठे पण्डित को देते हुए जो वेदना मैंने नानी के चेहरे पर देखी, मुझे उससे एक सिरहन जैसी हुई, केवल दुःख की ही नहीं, भय की भी। नाना–नानी का दाम्पत्य प्रेम की अनूठी मिसाल तो कत्तई न था, पर नानी का दाम्पत्य के प्रति समर्पण और नाना का परिवार के प्रति आदर्शवाद अवश्य बेमिसाल था। इस बन्धन का अन्त देखना आसान नहीं था। मेरी दृष्टि में यह परिवार की एक आख़िरी कड़ी थी। और अब बिखरने का सिलसिला शुरू हो चुका था। नानी के चेहरे की वेदना को समझने में मैं असमर्थ थी। नानी यह कह–कहकर विलाप ज़रूर कर रही थी कि "इनकी वजह से मैं घिरी हुई हूँ", पर दिल्ली के बड़े शहर के छोटे कमरे में मृत नाना के बगल में नानी की वेदना अलगाव और अकेलेपन की थी या फिर एक प्रकार के भय की? शायद मैं आज भी इसको समझने में असमर्थ हूँ। पर वह वेदना अंकित चेहरा और बोझिल शरीर मेरी याद में गड़ा हुआ है।

अपनी मृत्यु के दो–तीन दिन पहले से नाना बहुत बेचैन और उग्र हो उठे थे। इस बीच मेरी नानी से बात न हो पायी थी, माँ से ही अपडेट मिल रही थी। नाना की मृत्यु की सूचना मिलते ही जब मैं आनन–फानन में दिल्ली पहुँची तो नानी की बतायी हुई बात सिग्नेचर लच्छी और उसके अटल विश्वास की ही कहानी थी। नानी के अनुसार, नाना अपनी मृत्यु के कुछ दिन पहले से अत्यन्त उग्र हो गये थे और उतने ही बेचैन भी। वैसे भी ज़िद्दी तो थे ही, इस बात के हज़ार क़िस्से हैं। भले ही नानाजी कुछ समय से काफ़ी कमज़ोर हो चुके थे, नानी के अनुसार वह उनकी रात की नींद कभी ख़राब नहीं करते थे, परन्तु उन दिनों वह बीच रात उठकर अजीब तरह की ज़िद किया करते थे। तीन बजे रात उनको अपनी लट्ठी और चप्पल चाहिए होती थी और

साथ–ही–साथ कँघी भी। बाथरूम भी स्वयं जाने की ज़िद करते थे, भले ही उनके पाँवों में चलने की शक्ति नहीं रह गयी थी। नानी ने बताया कि नाना की मृत्यु के एक दिन पहले ही नानी ने "या तो ईश्वर इन्हें मुक्ति दिला दे या मुझे" कहकर घर के मन्दिर में नीम करोली बाबा के चरणों में एक फूल भेंट चढ़ा दिया। नानी का कहना था कि उसी रात से वह विस्मित हो गये और अगली सुबह चल बसे। अब यह नानी की कामना या विश्वास का प्रतीक है या फिर नानाजी की बिगड़ती हालत का लॉजिकल कनक्लूज़न इस पर विवाद हो सकता है। पर लच्छी के लिए यह उसका असीम विश्वास था जिसमें यदा–कदा उसकी ग्लानि भी झलक रही थी। नानी के झुके हुए शरीर के बगल में माँ अपना झुका हुआ मुँह लेकर बैठी हुई थी और नानी को चाची–चाची कहकर कुछ बताने की कोशिश कर रही थी।

लच्छी को कभी भी किसी ने 'माँ' कहकर नहीं पुकारा। जगत की लच्छी, अपने बच्चों की भी चाची बनकर ही रह गयी। संयुक्त परिवार की सामुदायिकता में ममता भी विशेषाधिकारी नहीं होती। दाम्पत्य और मातृत्व एकाकी नहीं पारिवारिक सुख के विषय होते हैं। इसी परिवेश में लच्छी गर्भवती माँ अवश्य बनी, परन्तु उस सम्बोधन से कभी नहीं जुड़ी। नानी से यह बात मैंने कभी पूछी नहीं, परन्तु जहाँ तक सम्भावित है, उनकी ममता सम्बोधन के बन्धन से परे थी। जिस निश्छल मन से लच्छी ममतारूपी प्रेम न्योछावर करती थी, यह उन सभी का सुख है कि वह केवल तीन बच्चों की माँ बनकर नहीं रह गयी।

नानी कभी नानी जैसी नहीं लगी। यह क्या बात हो गयी? भले ही आयु में लच्छी नानी अवश्य हो गयी हो, पर वह उसके वात्सल्य को ओवरटेक न कर पायी। नारीवादी आलोचना करूँ, तो मुझे लच्छी को इनफेंटिलाइज़ (बालरूपी करार देने) का दोषी पाया जायेगा, परन्तु जो लच्छी को जानते हैं वे यह जान पायेंगे कि मैं क्या कह रही हूँ। जब मैं अपनी रिसर्च के लिए कुमाऊँ

के गाँव जाती हूँ तो वहाँ लोग लड़कियों को समझाते हैं कि वह 'सयानी' हो गयी है, बच्ची नहीं, उन्हें 'खित खित' करके नहीं हँसना चाहिए। नानी का 'सयानापन' भी कुछ ऐसा ही था, किसी ने बता ज़रूर दिया होगा पर वह समझ नहीं पायी कि सयानापन होता क्या है? आँखें भींचकर नानी जब भी मुस्कुराती या हँसती तो भले ही कैसे भी हँसती हो, मुझे हमेशा 'खित–खित' ही सुनाई पड़ती है।

नाना के गुज़रने के बाद मुझे ऐसा लगने लगा कि सभी में नानी के प्रति आदर की भावना और भी बढ़ गयी है। यह मेरी कल्पना भी हो सकती है परन्तु ऐसा आभास हो रहा था कि मन–ही–मन नानी के लिए भी उलटी गिनती शुरू हो चुकी थी। बचे हुए अनुमानित समय में उसके साथ समय बिताना सौभाग्य समान था। मेरी समझ में ऐसा सन्तों के साथ होता है, ख़ासकर जब वह समाधि लगाकर बैठ जाते हैं, और एक प्रकार की घोषणा कर देते हैं, धरती पर अपने बचे हुए समय की। नानी ने भले ही ऐसी कोई घोषणा न की हो, उसकी समाधि से कोई वंचित भी नहीं रहना चाहता था। ऐसी कुछ और बातें जो मुझे अल्मोड़ा के विश्वनाथ निकेतन में रहने के दौरान ही ज़ाहिर हो पायीं।

नाना की वसीयत नानी की कहानी

लन्दन से लौटने के बाद और लखनऊ में कुछ समय बिताकर जब मैंने अल्मोड़ा का रुख़ किया तो फ़िल्मनुमा प्रवेश से कम न था। कहानी की पृष्ठभूमि कुछ इस प्रकार है। विश्वनाथ निकेतन में मेरे नाना समेत पाँच पाण्डव समान पाँच भाइयों में परस्पर प्रेम और आदर की भावना सीमा से परे थी। शायद उस समय की बात कुछ और थी या फिर पारिवारिक जुड़ाव की

अतिशयोक्ति, जो भी कहो यह सम्बन्ध था अनोखा। बचपन में माँ ने मुझे उनके नाम लयकारी वाक्य में बताये थे–

एस.पी., एल.एम.,
एच.सी., बी.बी.,
बी.सी. तिवारी

यानी कि शिव प्रसाद, ललित मोहन, हरीश चन्द्र, बसन्त बल्लभ और भुवन चन्द्र तिवारी। बहनों के नाम उनके पति के परिवारों से जुड़ते और इस कारण उनको याद करने की कोई आवश्यकता भी नहीं थी। 1990 में एस.पी. ने अपने पड़ोस में बने उत्तराखण्ड सेवा विधि पर्यावरण शिक्षा संस्थान के भवन पर धूप रोकने का और ट्रस्ट रजिस्ट्रेशन के नाम पर घपला करने का दावा ठोंक दिया। ट्रस्ट के संस्थापक बी.डी. पाण्डे आख़िरी आई.सी.एस. (आज के आई.ए.एस. का ब्रिटिश वर्जन) बैच के सदस्य और पंजाब एवं बंगाल के गर्वनर रह चुके थे। एस.पी. और बी.डी. की लड़ाई पुश्तैनी हो चली। बी.डी. के गुज़रने के बाद मोर्चा सँभाला उनके बेटे ने और एस.पी. के बाद मेरे नाना एच.सी. ने। पड़ोसियों के बीच कड़वापन और समाज में हलचल पैदा करने के अतिरिक्त मेरे नाना का जीवनकाल पहले अपने दद्दा के प्रति आदर और फिर इस केस के प्रति समर्पण में ही चल बसा। कचहरी और डिस्ट्रिक्ट कोर्ट से होते–होते मामला नैनीताल हाईकोर्ट तक पहुँच गया, और इस पूरी प्रक्रिया में पहले बी. डी. पाण्डे की ओर के वकील और फिर नाना के वकील, एक के बाद एक दोनों ही स्वर्गवासी हो चले। उनसे कई वर्ष पहले स्वयं पाण्डे जी, उसके बाद एस. पी. और फिर आख़िरकार एच.सी. ने भी दम तोड़ दिया। जैसे कोई मामूली केस न होकर महाभारत की गाथा हो जहाँ एक–एक करके कई वीर योद्धाओं के आख़िरी पलों का कोई क़िस्सा हो। लगभग पच्चीस साल चलने वाले इस मामले में फिलहाल कार्यवाही थमी हुई है। अगर फिर किसी को हवा लगी तो दोनों तरफ़ से दूसरी पीढ़ी के पास रिटायर होकर काफ़ी समय उपलब्ध है।

इस गहमागहमी के बीच नानी पिसा हुआ महसूस करने लगी। कुछ कहना, बोलना तो सम्भव नहीं था, परन्तु यह पीड़ा अवश्य थी कि जितना सामाजिकता बनाये रखने का वह प्रयास करती है, नाना उतना ही अलगाव। जब पाण्डे जी की पत्नी का स्वर्गवास हुआ तो नानी ज़रूर पहुँची, यह कहकर कि इतनी महान औरत के दर्शन मैं ज़रूर करूँगी। ख़ैर जब मैं जुलाई 2013 में अल्मोड़ा पहुँची तो मेरी तैयारी कुछ और ही थी। मैंने जाँच–पड़ताल करके यह तय कर लिया था कि अल्मोड़ा में कुछ काम करना है तो वह पाण्डे जी द्वारा स्थापित उत्तराखण्ड सेवा निधि के साथ। मेरी ममेरी बहन निष्ठा और मेरे भाई आकाश ने इसे नब्बे के दशक में सुभाष घई की फ़िल्म 'सौदागर' जैसा सौदागरी बना डाला। पुश्तैनी टकराव को प्यार और ईमानदारी से हल करने की पहल। नानाजी को यह बताने की किसी की हिम्मत नहीं हुई। उनका कड़कपन उनके प्यार पर हावी ही रहता था और ऐसे बागीपन की ख़बर देने की क्षमता किसी में नहीं थी।

अतः नानाजी से बेख़बर मैंने अल्मोड़ा के लिए कूच किया। पर नानी यह सुनकर बहुत ख़ुश हुई और बोली चलो इस बहाने ही सही, पुरानी बात ख़त्म तो होगी। मुझे याद है कि आषाढ़ के महीने के दौरान नाना–नानी के लगभग प्राकृतिक मतभेद के बारे में सोचते हुए मैंने कुछ पंक्तियाँ लिखी थीं–

नाना की वसीयत, नानी की कहानी
खुखरी[1] का ख़ौफ़, भट्ट[2] की चुड़कानी
आर.टी.आई. के पोथे, रामायण रटी ज़ुबानी।

कुछ ऐसी स्मृति बन गयी है हरीश–लच्छी/नाना–नानी/कक्कू–चाची की। अल्मोड़ा में व्यतीत उन महीनों में मैंने नानी के

---

1. खुखरी एक प्रकार का चाकू/ख़ंजर होता है जो नेपाल और उत्तराखण्ड के पहाड़ी इलाक़ों में जानवरों से सुरक्षा के लिए प्रयोग किया जाता है।
2. भट्ट एक प्रकार की दाल है जो पहाड़ों में उगायी और इस्तेमाल की जाती है। भट्ट की चुड़कानी अर्थात् भट्ट की दाल।

जीवन को एक अन्तरंगी रूप से जाना और समझा। अक्सर छत पर धूप सेंकने के लिए पहुँचती तो वहाँ से पहाड़ों की ढलान पर, ऊपर–नीचे, आगे–पीछे सैकड़ों घर दीख पड़ते, और वहीं से विश्वनाथ निकेतन को देखने का एक नया नज़रिया मिलता। अल्मोड़ा के ख़ास हरे पेंट वाले खिड़की–दरवाज़े और धूप से उड़े हुए लाल रंग की टिन छत अपने भीतर जिन कमरों को समेटे हुई थी, वे कमरे, उनमें रखा हुआ सामान, उनका अलाइनमेंट हर चीज़ या किसी व्यक्ति विशेष और कम–से–कम एक कहानी से तो जुड़ा ही हुआ था।

ऐसा ही एक कोना था इस घर का रसोईघर। भीड़नुमा संख्या वाली आवत–जावत में रसोईघर ही घर का केन्द्र–बिन्दु बन जाता है और रसोई में नानी की निपुणता का मुक़ाबला नहीं था। ''पकवान तो लच्छी को ही बनाने आते हैं,'' ऐसा मैंने कई बार सुना और चखा भी था। सिंगल, सै, रस, डुबुक, रोट–कुमाऊँनी व्यंजनों की फ़ेहरिस्त की 'मास्टर शेफ़' थी लच्छी। कुछ लोग कहेंगे कि इसमें क्या अनोखी बात हुई? गृहिणियों का पाक कौशल अचम्भे का नहीं ज़िम्मेदारी का पात्र है। उदारवादी–नारीवादी संस्कृति तो वैसे भी रसोई को शोषण का प्रतीक मानती है। ख़ासकर कि ऐसी रसोई जिसमें पुरुषों का कोई योगदान न हो। नानी की रसोई भी ऐसी ही रसोई थी तो भला इसमें लिखने जैसी बात क्या हुई?

छोटे क़द की लच्छी पटरे पर चढ़कर दायें हाथ से कढ़ाई का हैंडल पकड़ जब बायें हाथ से करछी सँभालकर दम के साथ चलाती तो बनते हुए व्यंजन की प्रतीक्षा करना बहुत कठिन हो जाता। कुमाऊँनी व्यंजनों की फ़ेहरिस्त छोटी भले ही हो, हर बार स्वाद को उत्तम और बरकरार रखना लच्छी का असामान्य हुनर था। शायद इस हुनर की प्रतिभागी मेरी माँ भी हो चुकी थी। माँ और नानी को जब मैं खाने की विधि के बारे में चर्चा करते हुए सुनती हूँ तो अक्सर कन्फ्यूज़ हो जाती हूँ। उसमें नाप–तोल की न तो कोई पहचान होती है और न ही मात्रा की कोई गणित।

केवल शक्ल–सूरत का एक विस्तृत ब्योरा ज़रूर, लिस–लिसा थका–थका, फत–फता, लटपटान, रिग–रिगा। अनेक वर्णनों के बीच एक नयी शब्दावली उत्पन्न होती है। एक तरह की गुप्त भाषा जिसमें उस अद्‌भुत पाक कला के रहस्य छिपे हुए हों। ऐसे ही अनेक रहस्यों और हरकतों की पर्तें एक–एक करके और कभी एक साथ ही मेरा लच्छी से परिचय करवाती जा रही थीं।

शिबौ हाड़ी

लच्छी की एक अनोखी हरकत मुझे भुलाये नहीं भूलती। वो है लच्छी के हैरान होने की प्रक्रिया जो मुझे ख़ुद ही हैरान कर देती है। लाल ब्लाउज़ को 'लाल' कहने में भी हैरान होती और कोई वाक़ई में हैरानी वाली बात होती है तो लच्छी की भौंहें उचककर उसके बालों से जा मिलती हैं। हर छोटी–मोटी बात जैसे कोई चमत्कार हो। शायद मेरी हैरानी, हैरानी का पात्र नहीं थी। बन्धनों के बीच जकड़ी हुई लच्छी अपने जीवन को दूसरों के जीवन के माध्यम से ही जीती। परिवार में हुई शादी का ब्योरा, शॉपिंग कर के आने के बाद ख़रीददारी की नुमाइश, छुट्टियों के घटनाक्रम का वर्णन, नानी सभी कुछ बड़े ही चाव से सुनती। अपने सीमित सोशल कॉल्स का वर्णन भी वह बड़े उत्साह के साथ करती। इन सब विवरणों की रिर्पोटिंग के बीच उसका हैरानी प्रकट करने का व्यवहार उसकी कल्पनाशीलता का ही एक अंश था। दूसरों के क्रियाकलाप सुनकर उसे यह ज्ञात होता कि उनके जैसी ज़िन्दगी और समय, जो उसकी ज़िन्दगी और समय से हटकर है, वह सम्भव है और इस सम्भावना की कल्पना उसे हैरान कर देती। यही हैरानी उसके जीवन का उत्साह बनाये रखती।

अपनी माँ की छोटी याददाश्त पर टिप्पणी करते हुए मैं अक्सर कहा करती हूँ कि उसकी याददाश्त एक सुनहरी मछली (गोल्ड फ़िश) जितनी है। औसतन 30 सेकेण्ड जितनी। यह कहानी लिखने के दौरान मुझे कई बार लगा कि मुझे नानी के साथ अधिक समय बिताना चाहिए। शायद बातों–ही–बातों में कुछ और क़िस्से उभर आयेंगे। पर नानी अक्सर हर कहानी की शुरुआत कुछ इस तरह ही करती–''पत्त नि, मकै याद छू कि नै'' (पता नहीं, मुझे याद भी है कि नहीं) और फिर कुछ भूली–बिसरी यादों को जोड़–तोड़ लेती। अक्सर किसी और से उन क़िस्सों की डिटेल की पुष्टि करनी पड़ती और तब जाकर कहानी ओर से छोर का सफ़र तय कर पाती।

इस सम्बन्ध में लच्छी की जेठानी का सहयोग अद्‌भुत था। अपनी जेठानी रुक्मिणी से लच्छी का सम्बन्ध कहानी के पुष्टिकार समान था। रुक्को(रुक्मिणी)/मम्मी/सुई नानी[1] घर की बड़ी बहु/इंचार्ज थीं। रुक्को–लच्छी की जोड़ी, एक ऐसी सफल टीम थी, जिसमें 1+1 = 2 नहीं 100 भी हो सकता था। लच्छी के जीवन में रुक्को 'मम्मी' की भूमिका कहानी के तथ्यकार के समान थी। अर्थात् सीखने–समझाने की एक ऐसी प्रक्रिया जिसका गूढ़ अर्थ रुक्मिणी की ओर से लच्छी के छोर तक जाता था। अपनी बहनों की अपेक्षा नानी ने अपना अधिकांश जीवन रुक्को के साँझेपन में बिताया और मम्मी–चाची की जोड़ी स्वयं में ही एक इंस्टीट्यूशन बन गयी। परिवार और धर्म–भक्ति के बीच गुँथा जीवन विश्वनाथ निकेतन की रसोई, पूजा और टी.वी. के बीच ही परिभाषित हुआ। मध्यवर्गीय गृहणियों के जीवन में टी.वी. के महत्त्व को आँकना अति आवश्यक है। उदारवादी आर्थिक नीतियों के असर से जिन बदलावों का परिचय टी.वी. क्रान्ति ने इन महिलाओं के जीवन में कराया वह 60 के दशक में

1. 'सुई' नानी इसलिए क्योंकि तीव्र डायबिटीज की बीमार रुक्मिणी तिवारी इंसुलिन की सूई खुद को खुद ही लगाती और डायबिटीज के शिकार अपने पति एस.पी. को भी।

नियोजित हरित क्रान्ति द्वारा उत्तर भारत के किसानों के जीवन में आये बदलावों से तुलनीय है। रसोई और पूजाघर के रास्ते के बीच और विश्वनाथ निकेतन के मसले में पूजाघर के बगल में टी.वी. का जो स्थान प्रतिष्ठित हुआ उसका मम्मी–चाची के जीवन में गहन महत्त्व था।

कानों से कम सुनने के बावजूद 'सुई' नानी की सीरियल की कहानी को समझने की क्षमता 'पान' नानी के लिए अति लाभदायक थी। पूर्ण रूप से सुनने–देखने के बावजूद लच्छी, रुक्को की कहानी का मौखिक रिपीट सुने बिना इस प्रक्रिया को पूर्ण नहीं समझती थी। इसलिए वे दोनों अगर सीरियल देखने के लिए साथ बैठतीं तो लच्छी एक प्रकार की निश्चिन्तता के साथ कि अगर कहीं मृत–जीवन या मृत किरदार की तीसरी शादी वाली पत्नी का दूसरा रूप फ़ॉलो नहीं भी कर पायी तो रुक्को तो समझा ही देगी। टी.वी. के साथ लच्छी–रुक्को का नाता घर में अशान्ति का स्रोत भी बन जाता। अपने कमरे में कम वाट की बोझिल रोशनी में लेटे मँझले नाना 'नमो देव नमो देव' के जाप के साथ अगर उन दोनों में से किसी को भी बुलाते तो वह क्षण दोनों के लिए अत्यन्त जटिल हो जाता। दिनभर की व्यस्तता, पूजा, रसोई को निपटाकर रात के खाने के साथ जब वे दोनों टी.वी. के सामने बैठतीं तो वह उनका अपना समय होता। पति धर्म और टी.वी. धर्म के बीच जूझती हुई दोनों में से एक उनकी आवाज़ का जवाब देती और दूसरी ब्रेक के दौरान उसे बीती हुई कहानी पर अपडेट।

सात वर्ष और नाना की मृत्योपरान्त लच्छी जब पहली बार अल्मोड़ा पहुँची तो देहली पर पाँव रखने से पहले ही आँखों में आँसू भर आये। "मैं तो आ गयी पर कक्कू जी कहते रह गये कि मुझे अल्मोड़ा जाना है पर आ नहीं पाये", ऐसा कहकर भावविभोर हो गयी। विश्वनाथ निकेतन का परिचय नानी की कल्पना में नाना से रिक्त हो ही नहीं सकता था।

इन सात सालों में नानी का जीवन काफ़ी बदल चुका था। छोटे पुत्र विनोद का देर उम्र में विवाह आख़िरकार हो ही गया था। मधु–विनोद और उनके बेटे मारूत के साथ दिल्ली में नाना–नानी की उपस्थिति से एक मिनी अल्मोड़ा भी बन गया था। पहाड़ में जिस प्रक्रिया को 'पलायन' नामकरणित किया गया है, वह शब्द थोड़ा अटपटा ही है। पलायन अर्थात् सब कुछ छोड़कर भाग जाना–एक तरह की दौड़ लगाना। पर मेरे अनुभव में यह दौड़ एकतरफ़ा नहीं होती। एक आम पहाड़ी के जीवन में 'पहाड़ी जीवन' का एक जटिल महत्त्व है। मैदानी इलाक़ों में बसे पहाड़ी स्वयं को अलग तरह से आँकते हैं ख़ासकर कि मध्यमवर्गीय पहाड़ी। हमारा खाना तो ऐसा नहीं, हमारी महिलाएँ तो इतनी शोषित नहीं, हमारे यहाँ इतना दिखावा या दहेज नहीं। 'हमारे यहाँ' और 'इनके यहाँ' का अन्तर जैसे वाक़ई में मैदान और पहाड़ के बीच दूरी के समान हो। इस अन्तर से जूझता पहाड़ी कई बार पहाड़ आकर यहाँ की आहत गरिमा और वातावरण पर दो आँसू भी बहा ही लेता है। पर पहाड़ में बसा पहाड़ी यहाँ की निराशा से आहत है और इस निराशा के बीच परम्परागत नाते–रिश्तों को बनाये रखने के संघर्ष में भी लगा रहता है।

नाना को गुज़रे हुए कुछ महीने ही हुए थे। उनकी जितनी स्मृतियाँ दिल्ली में गुज़ारे दस सालों में इकट्ठी हो गयी थीं, कहीं–न–कहीं वही उनकी स्मृतियाँ भी बनकर रह गयी थीं। पर विश्वनाथ निकेतन में गुज़रे उनके ज़िन्दगी के जाने कितने ही पड़ाव दिल्ली की उन स्मृतियों में नहीं झलक सकते थे। जिस अटपटेपन से हरीश ने विश्वनाथ निकेतन की नींव और ओरिजिनल ढाँचे के ऊपर सीमेंट का नया ढाँचा खड़ा किया था, वही अटपटापन, उनकी वही अल्मोड़ियत उनके साथ दिल्ली के महानगरीय जीवन में भी गयी थी। नानी भी उस अटपटेपन की सहभागी थी। बड़े शहर के छोटे घरों में छोटे शहर के बड़े घरों का समाना अटपटा ही होता है। और हरीश–लच्छी के लिए यह

तय कर पाना कि वो इस अल्मोड़ियत को दिल्ली में कितना तान पायेंगे, यह भी उतना ही अटपटा था।

नानी ख़ुद भी इन दो दृष्टिकोणों के बीच में कहीं अटकी हुई थी। पहाड़ियत को निभाना जितना आवश्यक था, उतना ही लचीला भी। फ़र्श पर गेरू की केसर रँगी पट्टी पर बिस्वार (चावल के आटे का घोल) के ऐपण के प्लास्टिक स्टीकर तो आ ही चुके थे, और दिल्ली में पहाड़ी पण्डित मिलना भी इतना कठिन न था। पर्व–त्योहार–बगवाली, वट–सावित्री आदि पर परिवार के नुमाइन्दे इकट्ठे हो ही जाते थे। मिला–जुलाकर दिल्ली में पहाड़ियत का रंग चढ़ने में मुश्किल न हुई। नानाजी के समान अल्मोड़ा की याद नानी को शायद इतना नहीं कचोटती थी। ढलती उम्र में पहाड़ का जीवन आरामदायक कत्तई नहीं होता है, दिल्ली की मध्यवर्गीयता में यह सुख तो प्राप्त हो ही जाते हैं। अल्मोड़ा की सड़कों पर धूप में गिरते–पड़ते नानाजी की चिन्ता से नानी दिल्ली में मुक्त तो रह ही सकती थी। पर अल्मोड़ा नाना–नानी के जीवन में केवल पहाड़ियत का ही नहीं पारिवारिकता एवं परम्परा का भी प्रतीक था। श्री विश्वनाथ निकेतन पुश्त –दर–पुश्त का प्रतीक भी था और एक मिली–जुली पारिवारिकता का भी। भले ही इस पारिवारिकता में कुछ रुकावटें और कुछ दरारें भी अवश्य आयी हों। पत्थर, मिट्टी, सीमेंट और टिन में समावेशित यादों और जीवन ने उसे किसी–न–किसी रूप में पुख़्ता कर रखा था। मदन मोहन 'रजिस्ट्रार' के वंशज आज भी यहाँ विचरते हैं। इसलिए जब लच्छी ने इतने वर्षों के पश्चात् विश्वनाथ निकेतन में पदार्पण किया तो ऐसा प्रतीत हुआ कि पत्थर और मिट्टी की दीवारों में ढले सुराखों में से भी रोशनी छनकर घर को उजागर कर रही हो।

लच्छी के आते ही घर में भी आने–जाने वालों का ताँता–सा लग गया। निचली मंज़िल में रहने वाली देवरानियाँ–लीला, दया, बड़ी प्रेमा, छोटी प्रेमा, रेनू–लच्छी के दरबार में सबकी हाज़िरी

लग रही थी। अपनी मामी से मिलने के लिए आतुर हंसा, इन्तज़ार में बैठी छोटी बहन प्रेमा–अल्मोड़ा के पुराने संगी–साथी सब उमड़–उमड़कर आने लगे। घर में रह रही तीन पीढ़ियाँ–नानी, माँ और मैं–भिन्न विचारधाराओं के बीच हँसी–ख़ुशी के कई पलों का और मतभेदों का मज़ा ले रहे थे।

ऐसे ही आगन्तुकों में से एक नानाजी के संयुक्त परिवार की एक सदस्या थी जो अपनी बेटी के साथ अक्सर आ जाया करती थी। ससुराल में सास के रुखे व्यवहार से परेशान वह अपनी समस्याओं की चर्चा नानी से करती और नानी धैर्यपूर्वक उन्हें सुनती। पहाड़ी समाज में सहानुभूति व्यक्त करने हेतु अनेक तरीक़े उपलब्ध हैं। वैसे भी सहानूभूति और चिन्ता व्यक्त करना तो लगभग पहाड़ियों का सांस्कृतिक अधिकार है। अल्मोड़ा की सड़कों पर चलते हुए, सब्ज़ी ख़रीदते हुए, मोलभाव करते हुए, घरों से आते–जाते हुए, पास–पड़ोस में, परिवार में, समाज के पूर्ण चक्र में 'शिबौ हाड़ी' का अनूठा स्थान है। 'शिबौ हाड़ी' अर्थात् दूसरे के प्रति उसकी बेचारगी को प्रस्तुत करना, पुख़्ता करना। बीमारी से लेकर क़र्ज़दारी तक और बेरोज़गारी से लेकर लाचारी तक पहाड़ी जनजीवन 'शिबौ हाड़ी' से सरोकारित रहता है। जब परिवार की कथित सदस्या घर आती तो 'शिबौ हाड़ी' की आशंका से मैं अनेक बार उग्र हो उठती। लखनऊ, दिल्ली, लन्दन, अल्मोड़ा, सभी जगहों पर औरतों के जीवन में दैनिक संघर्षों और हिंसा के विषयों पर उनके साथ काम करते–करते इस समस्या के प्रति मेरी सहिष्णुता लगभग ख़त्म हो चुकी थी। नानी से मेरी आशा यह न थी कि वह कथित सदस्या को कोई क्रान्तिकारी सुझाव देगी पर 'शिबौ हाड़ी' वाली प्रतिक्रिया भी मैं नानी से उक्त नहीं समझती थी। हुआ वही, जिससे न मुझे कोई आशा थी और जिसके प्रति न मेरी कोई आस्था–'शिबौ हाड़ी'। मैं अपने कान में रुई डालकर बैठने लगी और बैठक के 'शिबौ हाड़ी' के स्वरों से दूर रहने की कोशिश करती रही।

जब तक नानी अल्मोड़ा रही, यह प्रक्रिया भी चलती रही। समस्या जस–की–तस बनी रही और कुछ समय में 'शिबौ हाड़ी' के स्वर भी थोड़े धीमे हो चले। मेरे दिमाग़ के अन्दरूनी कोने में 'शिबौ हाड़ी' की नकारात्मकता का एक और पुलिन्दा जुड़ गया। पर नानी के फ़ोन आते रहे, कभी मेरे लिए, कभी परिवार की सदस्या के लिए। जिस लगाव से नानी की चिन्ता और सहानुभूति जूझती रही, उतने ही अलगाव से मेरी रुष्ठता और उग्रता फीकी पड़ती गयी। आम जीवन में, विशेषकर महिलाओं के जीवन में शायद सहानुभूति विशेष महत्त्व रखती है। दैनिक रूप से जब उन्हें सामान्यतः कम आँका जाता है या अपने अस्तित्व के प्रति चेतना को कमज़ोर किया जाता है, तो सहानुभूति ही पुरस्कार बन जाती है।

नानी ने शायद इस भावना का विरोध कभी नहीं किया और इस कारण उसकी आस्था केवल एक श्रद्धालु के समान ही नहीं, एक सामाजिक–सामरिक की पहचान से भी जुड़ी हुई थी। कर्मकाण्डीय न होकर, वह अपनी आस्था और दृढ़ता की विशालता से जीवन के लचीलेपन, सजीलेपन और अनिश्चितता को भी भक्ति के रूप में स्वीकृत कर लेती। एक ऐसी भावना जिससे मैं और लगभग मेरी पूरी पीढ़ी ही जूझ रही है।

बूढ़ी होते–होते नानी की गरिमा बढ़ती ही चली गयी। ससुराल और मायके के संयुक्त परिवार के घेरे में लच्छी शायद स्वयं में ही एक इंस्टीट्यूशन बन चली थी। बड़े होते–होते मुझे यह आशंका हो चली थी कि इस दौर के सामाजिक परिवर्तन की रफ़्तार बहुत तेज़ है, और परिवर्तन की लहर में बीते हुए समय के फलीभूत नियम और गुण बहुत ही कमज़ोरी से तैर पायेंगे या फिर डूब ही जायेंगे। आर्थिक स्वतन्त्रता और सामाजिक ज़िम्मेदारियाँ उपभोक्तावादी संस्कृति और नियमयुक्त परम्पराओं के द्वन्द्व से भरपूर इन क्षणों में पिछली पीढ़ी ही बीते हुए समय का प्रतीक बनकर रह जायेगी। लच्छी की उपस्थिति शायद इसी रुकावट के प्रति एक आश्वासन था।

मैं कभी चाइना पीक नहीं गयी

नाना–नानी के दाम्पत्य जीवन में नानाजी का परिवार प्रेम एवं ऑफ़िस के प्रति कर्मठता की भावना ही हावी रही। माँ के अनुसार शायद उन्हें यह भी ज्ञात न था कि उनके बच्चे कौन–सी क्लास या स्कूल में पढ़ते थे। घर से ऑफ़िस और ऑफ़िस से घर की दौड़ में उनकी कार्यरत ज़िन्दगी गुज़री और सेवानिवृत्ति के उपरान्त परिवार एवं केस के मसलों के सवालों ने उन्हें घेरे रखा। इसके अनुसार नानी के जीवन की आकांक्षाएँ एकदम भिन्न थी। नीरस पति के साथ न ही वह बाहर घूमने–घामने का, न सिनेमा देखने का और न ही ख़रीददारी करने का–ऐसे किसी अवसर का सम्भव होना ही सम्भव नहीं था।

उम्र के साथ–साथ मुझे यह प्रतीत हुआ कि मुझे घूमने का कीड़ा है अर्थात् 'ट्रैवल बग'। वैश्वीकरण की संस्कृति में मानो घूमने ने एक अधिकारभूत स्वरूप ले लिया है। मेरी पीढ़ी के किशोर–किशोरियों के लिए घूमना एक सामाजिक दर्जे से भी जुड़ चुका है। आप कहाँ घूमते हैं, किन लोगों के साथ जाते हैं, कैसे जाते हैं, घूमना–घुमाना स्वयं एक इंडस्ट्री बन चुका है और मेरी पीढ़ी उसकी उपभोक्ता।

मेरा मानना है कि मुझे यह कीड़ा विरासत में मिला, नानी से। लच्छी को यहाँ–वहाँ जाने का अत्यधिक शौक़ है। नाना से उसकी सबसे बड़ी शिकायत भी यही रही कि न तो इन्हें घूमना पसन्द है और न ही घुमाना। अपने जेठ–जेठानी की बदौलत नानी को घूमने के जो अवसर प्राप्त हुए उसके लिए नानी ने उन्हें शिव–पार्वती का दर्जा दे डाला। नानी की चंचलता उसके घूमने के दौरान उभरकर आती। घूमने के प्रति लच्छी की आतुरता, उसका उत्साह उसे समा लेता और इस प्रक्रिया में वह एक बार फिर अपने आराध्य से जुड़ जाती।

नैनीताल में बिताये हुए अपने बचपन को लच्छी बहुत प्रेम से याद करती। कई वर्षों बाद 2014 की गर्मियों में जब मैं, माँ और मेरा भाई आकाश नानी को लेकर नैनीताल पहुँचे तो उसकी आँखें खिल उठीं। नैनीताल के कैंटोनमेंट इलाक़े में टैक्सी के घुसते ही नानी की यादों के नवीनीकरण की जो प्रक्रिया शुरू हुई वह गाँधी चौक से राजभवन होते हुए मल्लीताल से गुज़रते हुए सीधे इन्द्रा मार्केट के रास्ते ही समाप्त हुई। नानी के स्वास्थ्य और उम्र के अनुसार थकान को लेकर हम थोड़े फ़िक्रमन्द थे, परन्तु नानी के उत्साह ने हमारी आशंकाओं को परे कर दिया। पहुँचते–पहुँचते नानी ने यह भी (इच्छा स्वरूप) बता ही डाला कि मैं इतने साल नैनीताल में रही परन्तु कभी चाइना पीक नहीं गयी।

नानी के समय में भ्रमण अधिकतर धार्मिक स्थलों से ही जुड़ा हुआ था। अल्मोड़ा नगरी में तो हर चौथी साँस में किसी–न–किसी देवता या गण का मन्दिर मिल ही जाता है। जाखन देवी के पड़ोस में ही विश्वनाथ निकेतन बसा हुआ है और उसके दायें/बायें चलने पर आपको खुटकुड़ी भैरव, क्षय भैरव, उल्का देवी, नन्दा देवी, रघुनाथ मन्दिर प्रकट हो ही जायेंगे। अल्मोड़ा आते समय कैंची धाम और अल्मोड़ा से आगे दूसरी तरफ़ चित्तई और जागेश्वर भी श्रद्धालुओं के लिए महत्त्व रखते हैं। नैनीताल में नैना देवी और हनुमान गढ़ी भी टूरिस्ट को कुछ देर के लिए पिलग्रिम बना ही देते हैं। इन पर्वतीय नगरों की साँझी संस्कृति में गुरुद्वारों, मस्जिद और गिरजाघरों का भी विशेष स्थान है। नानी की कल्पना में यह सब स्थल उसकी घूमने की आकांक्षाओं के प्रतीक चिह्न से कम नहीं थे।

नानी को घूमने का जो शौक़ है, वह शायद शौक़ की भावना से परे था, नानी के लिए वह एक निश्चय के समान था। घूमने के प्रति उसकी आस्था लगभग भक्ति स्वरूप थी, घूमने में जिस आनन्द और आज़ादी की अनुभूति नानी करती, वह उसको अपने साधारण जीवन से ऊपर उठाकर शायद अपने आराध्य के और

समीप ले आती। ऐसा ही एक स्थल है कैंची धाम। नानी के जीवन में या फिर यूँ कहना चाहिए कि नानी के मायके में कैंची धाम का और कैंची के गुरु–नीम करोली बाबा का अद्‌भुत महत्त्व है। मेरे रेशनल दिमाग़ ने इस समर्पण और आस्था के समक्ष अनेक बार कई प्रश्न किये, परन्तु नानी के समर्पण की सरलता ने सदैव मुझे हतोत्साहित कर दिया। बचपन से ही नानी के मालाकोट में इस भक्ति ने अनोखा रूप लिया। नानी ने भी सिद्धी माई (कैंची धाम की गुरु संचालिका) से दीक्षा ली और उन्हीं को अपना गुरु माना। अपने गुरु के प्रति आदर और समर्पण की भावना इतनी थी कि बात–बात में परिवारवाले लच्छी को ही अपने परिवार की सिद्धी माई मानने लगे।

2014 में जब नानी अल्मोड़ा पहुँची तो कैंची धाम के दर्शन करने की और सिद्धी माई से मिलने की इच्छा को मन में लेकर दो बार कैंची जाने के बाद भी जब माई से मिलन न हो पाया तो नानी निराश अवश्य हुई, परन्तु अपनी भक्ति की विश्वसनीयता के बल पर उसने बड़ी सरलता से कहा, जो काम दो बार में नहीं हुआ, वह तीसरी बार तो हो ही जायेगा। नानी की विश्वास और आस्था रखने की क्षमता असीमित थी। उदारवाद ग्रसित सामाजिक मानसिकता में यह क्षमता या तो अद्‌भुत या फिर बेवकूफ़ी भी समझी जा सकती है।

लच्छी की दुनिया और मेरी दुनिया एक गुब्बारे के अन्दर गुब्बारे के समान थी। बड़ा गुब्बारा नानी की दुनिया और उसके अन्दर छोटा गुब्बारा मेरा। थे तो हम एक ही दुनिया में, पर हमारी स्थितियाँ एकदम अलग थीं। नानी के हर काम में जितनी आस्था निश्चित थी, मेरे लिए उतनी ही आशंका। नानी जिस साधना से अपने आराध्य को याद करती, मैं उतनी ही तीव्रता से उस पर प्रश्न, जितनी सहजता से नानी बुरे–से–बुरे व्यवहार को गले से उतार ले जाती, मैं उतनी ही उग्रता से उसका विरोध करती।

घूमते समय और आदतन भी नानी का कौतूहल वात्सल्यनुमा था। कभी–कभी मुझे यूँ प्रतीत होता कि वह कौतूहल है या फिर चीज़ों को न समझ पाने का लक्षण? आजीवन नानी के लिए निर्णय किसी और ने ही लिए थे–बचपन में पिताजी ने, विवाहित जीवन में पति ने और फिर जीवन के सान्ध्यकाल में बेटे, बेटी, बहुओं और दामादों ने। इस प्रक्रिया में नानी ने स्वयं के लिए सोचने की सामर्थ्य को भी भगवान के सुपुर्द ही कर डाला था। मुक्तेश्वर के शिव मन्दिर की ऊँची सीढ़ी चढ़ते समय अनेक लोगों ने रुककर पूछा कि इतनी बूढ़ी महिला इतनी आसानी से ऊपर चढ़कर कैसे आ रही हैं? नानी भी मुस्कराकर बोली–श्रद्धा है मन में तो मैं चल पड़ी।

घर के समीप के मन्दिर में भजन का बुलावा हो, पड़ोस में कीर्तन का, घर में त्योहार का आयोजन या फिर दूसरे शहर की यात्रा नानी का उत्साह सब अवसरों के लिए समान होता। जितने चाव से वह इस अवसर में प्रतिभागिता करती, उतने ही चाव से इस अवसर के लिए तैयारी भी। नानी की साड़ियों का भण्डार भी कुछ अनोखा ही था। उसमें शायद ही कोई साड़ी होगी जो उसने ख़ुद ख़रीदी या ख़रीदवाई होगी। शादी ब्याह के अवसरों पर भेंट स्वरूप, नाते–रिश्तेदारों से तोहफ़े स्वरूप, माँ की साड़ियों के कुछ नुमाइन्दे। मेरे लिए नानी की साड़ियों का विशाल भण्डार आश्चर्य का विषय था। साड़ियों का शौक़ तो मुझे भी है पर मुझे तो जुटानी और जोड़नी पड़ती हैं, नानी की तरह स्वयं ही एकत्रित नहीं हो जातीं। जितने उत्साह और जितनी उत्सुकता से नानी साड़ियाँ पहनती थी, उतने ही उत्साह से बाँटती भी थी। नानी का बक्सा तो एक तीर्थस्थल के समान था, वहाँ प्रसाद इकट्ठा और बँटना दोनों ही फुर्ती से होता था।

पीढ़ी और उम्र के अन्तर से तो स्वाभाविक अन्तर आ ही जाते हैं और शायद यही अन्तर उस स्वाभाविकता से हमारे बीच भी था। पर दो गुब्बारों में क़ैद हमारे जीवन उड़ते भी साथ–ही–साथ

थे। बहरहाल ये उड़ते हुए गुब्बारे मुक्तेश्वर और नैनीताल उड़ते हुए अगली सुबह कैंची जा पहुँचे। अपने ऑफ़िस के काम के चलते मैं तो अल्मोड़ा निकल पड़ी, परन्तु माँ और नानी कैंची इस इच्छा से रुक गये कि नानी को अपनी गुरु माँ के दर्शन हो ही जायें। नानी, माँ और आकाश रात को ट्रेन से लखनऊ की ओर जाने वाले थे और नानी की यह तीव्र इच्छा थी कि वह जाने से पहले सिद्धि माई से मिल लें, न जाने वह अगली बार अल्मोड़ा कब जाये या न ही आ पाये।

2015 की गर्मी में लच्छी का अल्मोड़ा दोबारा आना हुआ। मेरे अमेरिका जाने से पहले अल्मोड़ा में यह मेरी आख़िरी गर्मी थी। नानी कुछ समय के लिए लखनऊ आयी थी और माँ और मेरे आग्रह करने की देर थी कि नानी ने अल्मोड़ा आने के लिए हामी भरने में क्षणभर भी नहीं लिया। बुढ़ापे के चलते कई बार लोग गम्भीर हो जाते हैं। हमारे समाज में वृद्धावस्था के साथ गम्भीरता स्वयं ही जुड़ जाती है और कई बार न चाहते हुए भी उस मान्यता का पालन करना भी पड़ता ही है। भले ही सामाजिक व्यवस्था के सारे नियमों का लच्छी ने आजीवन पालन किया हो पर जो उसका प्राकृतिक स्वरूप था उस पर बुढ़ापा भी अपनी परछाईं नहीं डाल पाया।

पिछले वर्ष 2014 की तरह इस वर्ष 2015 में भी नानी के आते ही विश्वनाथ निकेतन में स्वतः आने–जाने वालों का ताँता लग गया। घर से निकले हुए मुझे भी लगभग 10 साल से ऊपर हो चले थे और फैले हुए परिवार की सामाजिक पारिवारिकता में फ़िट होना मुझे अस्वाभाविक प्रतीत होने लगा था। परिवार की सामाजिक इकाई से मुझे कोई परहेज़ नहीं था, परन्तु परिवार की जटिल मान्यताओं से मुझे परहेज़ अवश्य था। नानी ने जिस स्वरूप से पारिवारिकता का निर्वहन किया था, वह मैं सोच ज़रूर सकती थी, परन्तु मेरे लिए सम्भव नहीं था। वैसे भी पारिवारिकता के प्रति मैं अपनी समझ पूर्ण रूप से तय नहीं कर पायी थी। इस

सन्दर्भ में नानी और मैं दो छोरों पर थे और मैं कई बार सोचती थी कि क्या कभी हमारा मीटिंग पॉइंट होगा भी?

दाम्पत्य और संयुक्त परिवार की पारिवारिकता निभाते–निभाते नानी की चंचलता पर गम्भीरता की एक सतह बिछ गयी थी। शायद नानी इस बात को मानना भी न चाहे, क्योंकि उसके साथ स्वार्थ की एक परत भी जुड़ी हुई है–यह तय कर पाना कि ख़ुद की ख़ुशी परिवार की ख़ुशी के बराबर हो सकती है। ऐसी क्षमता होना भी ग्लानि के बराबर था। पर 82 साल की नानी जब दोबारा अल्मोड़ा पहुँची, तो उस सतह का कुरदना जैसे स्वयं ही हो चुका था।

2015 की गर्मी में लखनऊ से अल्मोड़ा की जो यात्रा माँ और नानी ने शुरू की थी, वह ज़रूरत से ज़्यादा लम्बी हो चुकी थी। 8 बजे सुबह से तूफ़ान का मंज़र बना हुआ था, बिजली और तेज़ बारिश की वजह से रेलवे ट्रैक पर एक पेड़ गिर पड़ा था। सरकारी काम का अपना अलग ही जीवन होता है। काग़ज़ी और मानवीय प्रक्रिया गोलाकार पथ पर चक्कर मारती रहती है जब तक कि एक बाहरी शक्ति उसे धक्का मारकर उस चक्र से न निकाल दे और यह कब होगा, यह निर्धारित करना बहुत कठिन है।

फिर भी 1 बजे लखनऊ से चलकर ट्रेन 8 बजे क़रीब हल्द्वानी पहुँच ही गयी। हल्द्वानी पहुँचते–पहुँचते शाम हो चली थी और अगले दिन प्रदेश के मुख्यमन्त्री की बेटी के विवाह के कारण पूरा शहर और शहर भर की गाड़ियाँ उसकी चपेट में थीं। जैसे कि हल्द्वानी की तमाम लड़कियों की शादी हो रही हो। अल्मोड़ा की यात्रा अगले दिन तक के लिए स्थगित कर दी गयी और रात योगेश्वर मामा के घर पर बिताने का फ़ैसला किया गया। औसतन पहाड़ियों की रिश्तेदारी हल्द्वानी में ज़रूर होती है और अक्सर ही पहाड़ तक यात्रा करने वाले रिश्तेदार एक दिन के लिए ही सही हल्द्वानी वाले रिश्तेदारों को याद कर ही लेते हैं। नानी तो वैसे

भी सबकी प्रिय थी ही, और आदरणीय भी। योगेश्वर मामा और हेमा मामी को जब पता चला कि उनकी मामी आने वाली हैं, तो घर के द्वार प्यार सहित खुल पड़े। रातभर वहाँ आराम कर हम अगले दिन अल्मोड़ा के लिए रवाना हो चले।

और फिर इसी क्रम में दूसरी दफ़ा कैंची भी पहुँच गये। नानी का उत्साह उसके क़दमों की रफ़्तार से ही झलक रहा था। दर्जनभर सीढ़ियों और कुछ पचास फुटे पुल को वह बिना हाँफे पार कर गयी। 12:00 बज चुके थे और सिद्धी माई के दर्शन ख़त्म होने का समय समीप आ रहा था। गेट से बाहर आते हुए धोती वाले आदमी ने ऊँची आवाज़ में कहा–जल्दी करो नहीं तो समय समाप्त हो जायेगा। नानी हड़बड़ायी, उसी समय माँ को भी याद आ पड़ा कि नानी का ताक़त वाला घोल पीने का समय हो गया है। शायद माँ को यह चिन्ता भी थी कि सिद्धी माई से मिलने पर नानी भाव–विह्वल होकर कहीं उत्साह में कमज़ोर ही न पड़ जाये। माँ ने ज़िद की और तुरन्त ही गर्म पानी में घोल मिलाकर थर्माकोल के गिलास में नानी को दे डाला। असमंजस में ही सही, गर्म घोल को फूँक–फूँककर नानी ने गुटक लिया और फिर अपने छोटे पाँवों को ज़मीन पर फटफटाते हुए रफ़्तार पकड़ी। सीधे माई के दर्शन वाले कमरे के सामने जाकर ही रुकी। नानी के पीछे माँ और माँ के पीछे मैं क़तार में खड़े हो गये।

प्रवेश करते ही नानी की नज़र माई पर पड़ी। उम्र में नानी और माई में केवल 5–6 वर्षों का अन्तर रहा होगा। पर अपने आकार और चेहरे से नानी और भी छोटी लग रही थी। नानी की आँखें गीली हो चलीं। माई के सामने प्रणाम कर अपना मस्तक उसके चरणों में रख दिया। माई नानी को एकटक निहारती रहीं बिना कुछ कहे, अपलक नानी की ओर देखती रहीं। नानी भी वात्सल्य भाव से माई की ओर देखती रही, जैसे उनमें अपनी माँ ही देख रही हो। नानी ने मुझे पास बुलाया और अपने हाथों से माई को शॉल उढ़ाकर, माई के हाथों मुझे लेने को कहा। मुझे

थोड़ी हिचकिचाहट भी हुई, ऐसा लगा जैसे माई से नानी की निकटता का फ़ायदा उठा रही हूँ। फिर आकाश को बुलाया और हम दोनों को माई को प्रणाम कर आशीर्वाद लेने को कहा। मैंने असमंजस में नानी की आज्ञा का पालन कर लिया, परन्तु पूरे दिल से नहीं। मुझे भाव–भक्ति विशेष में तो विश्वास न था पर नानी के अटूट विश्वास को नकारने की न तो हिम्मत थी और न ही आशा। नानी थोड़ी देर माई के चरणों के निकट ही बैठी रही, थोड़ी हकबकायी–सी। उसे देख यह लग रहा था कि उसे समझ ही नहीं आ रहा था कि वह खड़ी हो जाये या बैठी रही। सिद्धि माई भी पलक/अपलक नानी को निहारतीं और मुस्करा देतीं। पास खड़ी उनकी सेविका जया दीदी ने कहा–''क्या हुआ माँ? कुछ याद आ रहा है?'' माँ देखती रही। इस अद्‌भुत और शान्त मिलन को देख सब लोग ही मुस्करा रहे थे और नानी रो रही थी। माँ से विदाई और आशीर्वाद लेकर हम सब कमरे से बाहर निकले। नानी कई बार कहती, ''कैंची तो मेरा मैत है।'' जिस प्रकार से आश्रम में रहने वाले लोग नानी के या तो चरण छू रहे थे या गले मिल रहे थे, उसे देखकर समझ में आया कि भक्ति और प्रेम से जुड़ी भावनाओं पर समय की दरारें नहीं अपितु समय की ठोस शक्ति चढ़ जाती है। कैंची के परिसर में नानी जिस प्रकार से अपने क़दमों को भटकने दे रही थी, ऐसा लग रहा था कि मानो वह उसके घर का आँगन ही हो। जैसे नानी को अपनी माँ ही मिल गयी हो। नानी के पाँव बहुत देर तक थिरकते रहे। उस रात हम कैंची धाम ही ठहरे। आश्रम की आगे की ओर ही कुछ कमरे बने हुए हैं जहाँ श्रद्धालु आकर रह सकते हैं। नानी वहाँ कभी न ठहर पायी थी। नाना का अनुशासन और घर की व्यस्तता में आश्रम में एक रात बिताना असम्भव था, अविचारणीय था।

जब अपनी सबसे अज़ीज़ ख़्वाहिश उम्र के इस पड़ाव पर आकर पूरी हो तो कैसा लगता होगा? मैं तो उस लिबरेटेड पीढ़ी

की भागीदार हूँ जो लगभग सभी कुछ तुरत–फुरत कर ले जाती है। चाहे वह बोरियत के समय ऑनलाइन शॉपिंग हो या फिर वीकेंड पर घूमने का प्रोग्राम, नौकरी लगते ही लोन पर घर–गाड़ी लेने का इन्तज़ाम या फिर घर में फ़र्नीचर असेम्बल करने का काम। प्रतीक्षा तो हमारी जैसी पीढ़ी के लिए करन–अर्जुन फ़िल्म में राखी ने की थी, यह दोहरा–दोहरा के–कि 'मेरे बेटे आयेंगे।' जब नानी आश्रम में घूम–घूमकर मन्दिरों की देहली पर अपना सिर टेक रही थी और आँखें बन्द कर होंठों से कुछ बुदबुदा रही थी तो थोड़ा अन्दाज़ा हो पा रहा था कि इन्तज़ार क्या होता है?

साढ़े छह किलो की चाभी

कुछ चीज़ें दफ़्तरी कामों से अछूती रह जायें, तो ही अच्छा है। पर मृत्यु उनमें से एक अवश्य ही नहीं है। हिन्दू धर्म की माने तो मृत्यु कई चक्करों से मुक्त करा देती है, परन्तु भारतीय दफ़्तरी धर्म उससे भी ज़्यादा चक्करों से घेर लेता है। जैसे कि फिर से जीवन की आवश्यकता की याद दिला रहा हो, असल में नहीं तो कागज़ पर ही सही।

नानाजी सरकारी अफ़सर थे और उनका पूरा जीवन ही अफ़सरी धर्म से घिरा हुआ था। अक्सर ही माँ और नानी बताते थे कि जनाब दफ़्तर में इतने व्यस्त रहते थे कि बाथरूम भी वह घर आकर ही जाया करते थे। ये अलग बात है कि घर पहुँचने से पहले उनकी फ़ाइलें घर पहुँच जाया करती थीं। नानाजी बिजली विभाग में कार्यरत थे, हाइडेल में, पानी से बिजली बनाने वाले विभाग में। 60 के दशक में तो कई बार कई दिन तक लापता रहते थे, बीहड़ और जंगलों में बिजली के खम्भे और तार खींचने के लिए। सेवानिवृत्त होने के बाद भी दफ़्तरी उनके जीवन की अटूट धारा बनी रही। उत्तराखण्ड सेवानिधि और बी.डी. पाण्डे के प्रति दर्ज मुक़दमा ही उनके बचे हुए जीवन की धुरी बन गये। इतनी ज़बरदस्त कि आर.टी.आई. आते–आते और उसके आने से पहले उन्होंने ख़ुद ही कई तरह के प्रोटो आर.टी.आई. बना डाले थे। बहरहाल श्रीमान हरीशचन्द्र तिवारी की मृत्योपरान्त उनकी श्रीमती उस दफ़्तरी शख़्स की नुमाइन्दी घोषित हो गयीं। कुछ मामले तो बेटे–बहुओं

ने निपटा डाले थे, पर कुछ बिना लच्छी के पूरे नहीं हो सकते थे। सरकारी नौकरी का असल बोनस तो पेंशन ही होती है। यहाँ भी बात पेंशन पर ही आकर थम गयी। इस काम के लिए नानी के जन्म पंजीकरण पत्र यानी बर्थ सर्टिफ़िकेट की ज़रूरत थी।

नानाजी का मृत्यु पंजीकरण पत्र तो मिल गया था, पर नानी का जन्म पंजीकरण पत्र भला कहाँ से लायें? उस पीढ़ी की महिलाओं का अपना जन्मदिन याद रखना उतना ही स्वाभाविक था जितना उस पीढ़ी के पुरुषों का महीने की पहली या आख़िरी तारीख़ पर पैदा होना। पहली वजह तो यह कि उनको जन्मदिन की अंग्रेज़ी कैलेंडर वाली तारीख़ याद नहीं रहती। नौकरी में दाख़िल होते समय महीने की पहली या आख़िरी तारीख़ को अपना जन्मदिन बना, उम्र गिनना आसान हो जाता था। दूसरी यह कि पेंशन और सेवानिवृत्ति को ध्यान में रखते हुए कई लोग अक्सर ही अपनी उम्र में कुछ साल जोड़कर जनवरी या दिसम्बर की पहली या आख़िरी तारीख़ पर पैदा हो जाया करते थे। श्रीमान हरीशचन्द्र तिवारी की ऑफ़िशियल जन्मतिथि 31 जनवरी थी और श्रीमती लच्छी तिवारी की कोई भी नहीं। जैसे उसके जीवन की कोई गिनती न हो, केवल एक आभास।

पर नाना के गुज़रने के बाद उनके पेंशन की न केवल हक़दार बनने के लिए बल्कि उस पर कुछ टैक्स माफ़ी के लिए नानी को अपनी उम्र का प्रमाण देना आवश्यक था। अगर वह स्वयं को 80 वर्ष से ज़्यादा उम्रदराज साबित कर सकती तो मिलने वाली पेंशन पर टैक्स कुछ और कम हो जाता। यह गणित आसान होते हुए भी जटिल था। किसी को भी नानी की उम्र का सही अन्दाज़ा नहीं था। स्वयं नानी को भी नहीं। चूँकि अपने भाई–बहनों में वह सबसे बड़ी थी, वह भी उनकी उम्र का अन्दाज़ा नहीं लगा पा रहे थे। दफ़्तरी कार्यवाही में वैसे भी केवल अन्दाज़े से काम चलने भी नहीं वाला था। किसी–न–किसी प्रकार का प्रमाण–पत्र भी उतना ही ज़रूरी था।

2014 की गर्मी में जब नानी अल्मोड़ा पधारी तो एजेंडे पर यह भी था कि नानी की उम्र के प्रमाण–पत्र को खोजा जाये। नानी को केवल यह अन्दाज़ा था कि शायद उसका हाईस्कूल सर्टिफ़िकेट पहली मंज़िल के बिना खिड़की वाले कमरे में रखा हुआ है। कौन–सी अलमारी में था, कौन–से दराज़ में? या फिर किस सामान के नीचे दबा सँभला हो–कुछ भी कह पाना मुश्किल था। फिर भी ढूँढ़ना ज़रूरी था। जून की एक गर्मी भरी दोपहर में मैं, माँ और नानी तपती हुई टिन के नीचे तपते हुए कमरे की ओट पर आ खड़े हुए, और धूप में तपते हुए आधे टूटे जाली वाले दरवाज़े के पीछे सँभले हुए पपड़ी वाले लकड़ी के दरवाज़े का दरवाज़े से भी भारी ताला खोलने चल पड़े।

बालकनी पर बन्दरों ने जो गदर मचा रखा था, वह देखने लायक था। बन्दरों और कबूतरों के बीच मानो शर्त लगी हो कि कौन प्रजाति अपने चिह्न ज़्यादा ठोस रूप से छोड़ सकती है। दर्जनभर भारी गुच्छों के बीच दर्जनों चाभियों वाले एक गुच्छे से एक चाभी आख़िरकार ताले में लग ही गयी। आख़िरी बार मकान छोड़ने से पहले हरीशचन्द्र तिवारी की भतीजी–मीना ने उनसे भी एक क़दम आगे बढ़कर दर्जनों कमरों, गुसलखानों और अलमारियों की समूची चाभियों को एक ही जंजीरनुमा लड़ी में वेल्ड करा डाला था। नतीजा यह कि एक दरवाज़ा खोलने के लिए कोई साढ़े छः किलो की लड़ी लेकर ऊपर–नीचे करना पड़ता था।

चाभी किस प्रकार की राजनीतिक जन्तु हो सकती है, इसका अन्दाज़ा मुझे अल्मोड़ा में रहते हुए और नानाजी की मृत्योपरान्त ही हो पाया था। 11 दिन के शोक़ के दौरान मैं अल्मोड़ा से दिल्ली पहुँच गयी थी। दिल्ली के घर में नानाजी के कमरे में ही चादर–दरी बिछाकर सुधीर मामा ज्येष्ठ पुत्र होने की रीति निभा रहे थे। सर मुँड़वाकर और फलाहार खाकर। लोगों का आना–जाना लगा रहता और घर का माहौल शोकाकुल होते हुए भी शोकाकुल नहीं लग रहा था। भरे हुए घर में समय की

गति भीड़ के वजन में जैसे दब गयी थी। इसी दबे हुए समय को व्यतीत करने के लिए नानाजी की अलमारी की खोल–खोज करने की तैयारी भी हो रही थी।

श्रीमान हरीशचन्द्र तिवारी को लिखने का शौक़ था। शौक़ क्या, जुनून ही कह सकते हैं। वह लिखते थे और लिखते ही रहते थे, परिवारजनों को चिट्ठियाँ, अफ़सरों को अपीलें, कचहरियों को दरख़्वास्तें, डायरी में लोगों के पते और फ़ोन नम्बर, दामादों और बेटों के ऑफ़िस और पद, खाता–बहीखाता, आयोजनों की डिटेल–उन्हें लिखने की सनक थी। हर नये साल से पहले, वह एक नयी डायरी में, नियमानुसार, पुरानी डायरी से फ़ोन नम्बर, एड्रेस इतने सलीक़े से उतारते थे कि मानो पन्नों पर अक्षर नहीं अपने जीवन में लोगों को उतार रहे हों। इसलिए अलमारी की खोज के दौरान केवल एक या दो नहीं, दर्जनों डायरियाँ निकलीं।

1980 के दशक से लेकर 2012 तक की डायरी। नानी जानती थी कि नाना ने अपने जीवन के बहुतेरे घण्टे इन डायरियों के साथ और समीप गुज़ारे थे पर इन पन्नों में डिटेलों के अलावा भी कुछ और उतरता था या नहीं, किसी को अन्दाज़ा नहीं था। नानी को भी नहीं। सन् 1998 की डायरी मेरे हाथ आ लगी। कुछ बोरियत और कुछ कौतूहल के आड़े मैंने बिना किसी ख़ास रुचि के उसे पलटना शुरू कर दिया। लखनऊ में सूचना विभाग का पता और फ़ोन नम्बर, कुछ दवाइयों के नाम, कुछ और फ़ोन नम्बर के बाद नज़र एक पन्ने पर आ टिकी। पन्ना इतने छोटे अक्षरों से सजा हुआ था कि बड़े ग़ौर से देखना पड़ रहा था, इतने ग़ौर से कि मेरा चेहरा लगभग पन्ने में जाकर धँस ही गया था। 'मकान की चाभियाँ' के शीर्षक सहित यह पन्ना ऐसे इठला रहा था कि जैसे किसी ख़ज़ाने का नक्शा हो। हरीशचन्द्र तिवारी के लिए शायद वाक़ई में किसी ख़ज़ाने से कम भी नहीं था।

मकान की चाभियाँ

1. मेन दरवाज़े, जाली के दरवाज़े, बायीं तरफ़ छोटे कमरे के दरवाज़े, डायनिंग रूम के दरवाज़े की 2 बड़ी व एक छोटी तथा बाथरूम की चाभी चाची के पास है।

2. डायनिंग रूम में फ्रिज के ऊपर प्लास्टिक के नाली वाले डब्बे के अन्दर ग्रिल के दरवाज़े, किचन के दरवाज़े, पूजा के कमरे की चाभियाँ रखी हुई हैं।

3. पूजा के कमरे में मन्दिर के ऊपर कार्निस पर प्लास्टिक की थैली में मम्मी के कमरे, मीना के कमरे, छोटे कमरे व स्टोर की चाभियाँ हैं।

4. मीना के कमरे से डायनिंग रूम का दरवाज़ा खोलकर मम्मी वाला कमरा खोला जायेगा।

5. मेरे, बसन्त के तथा तीसरे कमरे की सब चाभियाँ पूजा के कमरे में प्लास्टिक के थैले में हैं।

6. डुप्लीकेट चाभियाँ सब तालों की मम्मी के कमरे में अलमारी के भीतर रखी हुई हैं।

7. ऊपर छत में ताऊजी वाले कमरे की चाभियाँ पूजा के कमरे में जहाँ टी.वी. रखा है, उसके पास की अलमारी में कील में एक रिंग पर लटकी हैं।

मेरे पास यह मानचित्र था तो सही पर इसका कोई फ़ायदा नहीं था। नाना के नक्शे में एक ऐसी जटिलता थी जो केवल उन्हीं के लिए खुलासा कर सकती थी जो उस घर के भूगोल से परिचित हों। इस नक्शे में मानो एक ऐसा राज़ छिपा हुआ था जो केवल विश्वनाथ निकेतन के चिरवासियों के लिए खुल सकता था। इस घर में इतने ताले थे जितने किसी घर में कोने भी नहीं होते। नाना जी का साथ देने के लिए मीना मौसी जो इस घर की दूजी चिरवासी थी, ने न केवल कमरों के दरवाज़े पर बल्कि किसी भी प्रकार के दरवाज़े या कुण्डी पर भी ताले

लगा दिये थे। यह कुण्डी कहीं भी हो सकती थी। सब्ज़ियों के लिए जाली वाली अलमारी, बर्तनों के लिए काँच वाली अलमारी, किताबों और कपड़ों के लिए लकड़ी वाली अलमारी, चादरों और कम्बलों के लिए स्टील वाली अलमारी, पूजा के समान के लिए दीवार में बनी हुई सीमेंट वाली अलमारी। मीना मौसी ने श्रीमान हरीश चन्द्र तिवारी के सुझाव को वाक़ई में राजा हरीशचन्द्र समान ही निभा डाला था। यही कारण था कि नाना–नानी के कमरे का दरवाज़ा खोलने के लिए सैकड़ों चाभियों में से एक चाभी का चयन बड़ी मेहनत के साथ हो पाया था।

इन चाभियों ने कई सफ़र भी तय किये थे। कभी अपनी मंशा से, कभी ज़बरदस्ती से। संयुक्त परिवार की परिभाषा, रचना और आकांक्षा में काफ़ी फ़र्क़ होता है। जो फ़र्क़ सूरज बड़जात्या की फ़िल्मों के इंटरवल के पहले और इंटरवल के बाद वाले हिस्सों में होता है। पर फ़िल्मों का अन्त ज़िन्दगी के अन्त जैसा नहीं होता, सूरज बड़जात्या की फ़िल्मों जैसा तो कत्तई नहीं। ये चाभियाँ भी फ़िल्मों का एक किरदार ही हो सकती हैं। केवल कठोर सास की भारी कमर से नयी बहू की नाजुक कमर तक ही नहीं, पर एक परिवार और उसके रिश्तों के चढ़ते–गिरते ग्राफ़ की लकीरों जैसे। अगर श्री विश्वनाथ निकेतन की चाभियाँ बोल पातीं तो शायद वो अपनी एक और कहानी लिखतीं और मेरी कहानी से भिड़ पड़तीं। कुछ चाभियाँ एच.सी. की आवाज़ में बोलतीं तो कुछ किसी और की आवाज़ में सिसकतीं, कुछ लच्छी की आवाज़ में प्रार्थना करतीं तो कुछ किसी दूसरी बहू की आवाज़ में अवहेलना, कुछ दूसरी पीढ़ी की आवाज़ में तर्क देतीं तो कुछ पीढ़ियों के बीच फँसी आवाज़ में चुप्पी।

कमरे का जाली का दरवाज़ा तो कुछ ख़ुद–ब–ख़ुद और कुछ बन्दरों के जतन से लड़खड़ा ही गया था। उसके पलड़ों को सँभालकर खोलना पड़ा, और गिरते हुए चुने वाली दीवार से टिकाना पड़ा। लकड़ी के दरवाज़े पर जंग खाता हुआ ताला थोड़ी

कठिनाई से खुला और खोलते समय ही यह चिन्ता होने लगी कि यह बन्द हो पायेगा या नहीं? दिन के उजाले के बाद कमरे के अँधेरे से वाक़िफ़ होती हुई आँखों को थोड़ा वक़्त ज़रूर लगा। जल्द ही नज़र के साथ–साथ कुछ यादें भी ज़ाहिर होने लगीं।

लच्छी थोड़ी देर या शायद बहुत देर दरवाज़े की चौखट पर ही खड़ी रही। वह तक़रीबन दस साल बाद उस कमरे के सामने आ खड़ी हुई थी जहाँ उसने अपने जीवन के अनगिनत साल बिताये थे। या तो कमरे के अँधेरे का वजन था या फिर यादों का, लच्छी हिल नहीं पा रही थी। मैं कमरे के अन्दर घुस चुकी थी और जिस प्रकार से मैं नानी को पलटकर देख रही थी, शायद उसी दिशा से बनती हुई परछाईं थी कि मैं लच्छी को देखते हुए भी देख नहीं पा रही थी। सूती धोती में कम क़द की लच्छी उस ओर से एक गठरी जैसी लग रही थी। माँ ने तो अपनी खोजबीन शुरू भी कर दी थी, पर मैं अपनी जगह पर और लच्छी अपनी जगह पर थोड़ी देर स्तब्ध ही थे। गठरीनुमा लच्छी चौखट से आगे बढ़ कमरे के भीतर पहुँची। थोड़े जतन के साथ खुले दरवाज़े से रोशनी अब तेज़ी से कमरे को भरने लगी थी। इस बिना खिड़कियों के कमरे ने जैसे अपने अन्दर सब कुछ जबरन पकड़कर रख लिया था, सिर्फ़ दरवाज़े खुलने की देर थी।

लच्छी कमरे में चलते–चलते शायद घड़ी का समय भूल गयी थी। जैसे बर्फ़ की सतह पर संयम के साथ लोग पहियों वाले जूते पहनकर बिना पाँव उठाये टहलते हैं, कुछ वैसे ही लच्छी बिना किसी चेष्टा के कमरे के कोने, कुर्सी, बक्सों से बिना भिड़े उसके खुरदरे फ़र्श की गलियों से गुज़र रही थी। बीते वर्ष छोटी बहू मधुमिता ने आकर कमरे में बिछी कालीन और दरी को उठाकर सँभाल दिया था और फैले हुए समान को इकट्ठा कर लिया था। लगभग दस साल पहले जब हरीश और लच्छी इस घर से और इस कमरे से निकलकर दिल्ली की ओर गये थे, उनमें से शायद ही किसी ने यह सोचा था कि वह एक साथ वापस अल्मोड़ा

नहीं आयेंगे। या फिर जब आयेंगे तब तक फ़र्श से कालीन और चौखटों से दरवाज़े अलग हो पड़ेंगे।

लच्छी के जन्म प्रमाण–पत्र की तो कोई आशा ही नहीं थी। उस समय में जन्म के प्रमाण के लिए दस्तावेज़ नहीं, ग्रहों और तारों की स्थिति की जानकारी ज़रूरी थी। नानी का कैलेंडर भी उसी हिसाब से चलता था भले ही धीरे–धीरे संडे, मंडे की गिनती भी उसमें जुड़ने लगी थी। इंटर तक पढ़ाई करने वाली लच्छी का हाईस्कूल सर्टिफ़िकेट मिलने की आशा ज़्यादा थी। नाना के जीवन में काग़ज़–पत्तर की जितनी महत्ता थी, नानी के जीवन में उससे भी ज़्यादा। इसलिए ही नानी सलीक़े से पूजा–प्रार्थना की पुस्तकें, छोटी–मोटी चीज़ों की रसीदें, भजन वाली डायरी, सैकड़ों चालीसाएँ, कुतरे हुए काग़ज़ों पर लिखे हुए नम्बर सँभालकर रखती थी। यह भले ही नाना के आयोजित दस्तावेज़ों के भण्डार जैसे न हों, पर खुद में उतने ही प्रभावशाली थे जितने नाना की कोर्ट–कचहरी को भेजी हुई दलीलें।

बिना खिड़की वाला कमरा

कमरे के बायें कोने में, दरवाज़े के बगल में नीले रंग की एक विशालकाय अलमारी थी। घर के बाक़ी कमरों की तरह इस कमरे की दीवारें भी नीली थीं। खुले मौसम के दिन साफ़ आसमान वाला नीला जो समय की हवा के साथ–साथ एक रूखा नीला हो चुका था। कुछ–कुछ कोनों में अभी भी अपनी पहचान बनाये हुए था, जैसे कि इस विशालकाय अलमारी के पीछे। थोड़ा आश्चर्य हुआ कि इस अलमारी की चाभी खोजने में न ज़्यादा समय ख़र्च हुआ और न ही ज़्यादा मेहनत। चाभी लगाकर स्टील के खुलते हुए दरवाज़े की जो जानी–पहचानी

आवाज़ होती है, उसे सुनकर सन्तोष हुआ। अलमारी के भीतर जिस प्रकार की सफ़ाई से और करीने के साथ सामान आयोजित था, उसकी एक झलक से ही यह अन्दाज़ा लगाना बहुत आसान था कि यह लच्छी की अलमारी है। नानी के छोटे गदराये हाथ किस कौशल से कपड़ों की तह लगाते हैं, किस संयम से बिना प्रेस किये ही पूरी सूती धोती की मरोड़ें काफ़ूर कर देते हैं, डब्बे और बर्तन अपनी जगह पर बिठा देते हैं, छोटे–बड़े तौलिये बिना जतन के सँभाल देते हैं। इस अलमारी के भीतर रखी हर चीज़ पर लच्छी के छोटे हाथों की छाप थी।

इस व्यवस्था को नानी का हाईस्कूल प्रमाण–पत्र खोजने के लिए टटोलने भर का भी मन नहीं कर रहा था। जैसे किसी ख़ूबसूरत पौधे से फूल तोड़ने का मन नहीं करता है। छोटे क़द की नानी ऊपरी शेल्फ़ तक नहीं पहुँच सकती थी, इसलिए वहाँ की जाँच–पड़ताल मैंने शुरू कर डाली। नानी झुककर नीचे वाले शेल्फ़ को टटोलने लगी। मेरी आधी नज़र और पूरा ध्यान नानी पर ही अड़ा हुआ था। नानी की एक चौथाई उम्र में मैंने दर्जनों ठिकाने बदल डाले थे और घर की परिभाषा मेरे लिए अपरिभाषित हो चुकी थी। नानी ने अपने लम्बे जीवन का लगभग दो–तिहाई समय इसी घर में और ज़्यादातर इसी कमरे में बिताया था। शायद इसी अलमारी को सँभालते सँजोते हुए। दस साल के अन्तराल के बाद इन दीवारों और दरवाज़ों के बीच आकर नानी क्या सोच रही होगी? या फिर कुछ सोच भी पा रही होगी? मुझे विश्वास हो गया था कि अगर मैंने अपनी निगाहें नानी पर टिकाये रखीं तो मेरी उलझन का हल तो हो ही जाएगा। इसलिए भले ही मेरे हाथ ऊपर के शेल्फ़ में रखे डब्बे और कपड़े टटोल रहे थे, पर मेरी नज़र नानी की नज़र को टटोल रही थी।

इसलिए जब नानी की नज़र अचानक से ठहर गयी तो मेरे हाथ और नज़र भी ठहर गये। अपने पंजे की उँगलियों को खींचकर मैंने नीचे वाले शेल्फ़ के सहारे अपना पाँव ज़मीन पर रखा और

बायें हाथ की उँगलियों से ऊपर वाले शेल्फ़ को पकड़कर, दायें हाथ से बीच वाली बीम को पकड़कर सीमेंट के ठण्डे होते हुए फ़र्श पर आकर खड़ी हो गयी। बिना देर किये नानी के बगल में आकर बैठ गयी। नानी की नज़र की तरफ़ नज़र करते हुए मेरी नज़र भी अलमारी के सबसे नीचे वाले शेल्फ़ पर रखे हरे रंग के एक छोटे–से बक्से पर आ टिकी।

सबसे नीचे वाले शेल्फ़ के उमस भरे अँधेरे में वो डिब्बा ख़ुद ही गुम गया था। अगर नानी की नज़र उस डब्बे पर जाकर नहीं टिकती तो उस अँधेरे में मेरी नज़र भी वहाँ नहीं पहुँचती। उम्र के साथ लोगों के आँख और कान अक्सर ही कमज़ोर हो जाया करते हैं, पर नानी की सुनने और देखने की क्षमता बाक़ायदा तन्दुरुस्त थी। कभी–कभी तो कोई बात नानी को न पता चले, इस वजह से हम फुसफुसाकर कहते थे। नानी–दादियों के सामने औसतन इतना सतर्क नहीं रहना पड़ता है पर लच्छी स्वयं ही काफ़ी सचेत रहती थी। कई बार जिस उम्र में लोगों की निगरानी करनी पड़ती है, उस उम्र में नानी की इन्द्रियों ने नानी को धोखा नहीं दिया था।

नीचे उतरकर मैं सीधे घुटने मोड़कर उस डब्बे के पास जाकर बैठ गयी और उस पर अपनी नज़र टिका ली। नानी मेरी बगल में ही खड़ी हुई थी और अपनी छोटी और पतली गर्दन को हलका–सा टेढ़ा करके उस डब्बे की तरफ़ अपनी बायीं आँख के कोने से देख रही थी। नानी की नज़र का पीछा करते हुए मेरी नज़र नानी की नज़र पर जा टिकी। चेहरे पर असमंजस और उत्साह की मिली–जुली भावना नानी की आँखों से साफ़ झलक रही थी।

मैंने अपनी नज़र वापस डब्बे पर फेरी। मगरमच्छ की खाल जैसे हरे–काले धब्बे और लकीरों–सा उछलते–दबते हुए डब्बे की सतह पर थोड़ी बहुत धूल ठहर गयी थी। एल्यूमिनियम की पट्टी ने डब्बे को सब तरफ़ से घेर रखा था। 'क्लिक' आवाज़ वाला अर्द्धगोलाकार

बटन अपनी जगह पर सन्तुष्टि से टिका हुआ था। अपनी अनामिका को मोड़कर मैंने डब्बे पर ये सोचकर खटखटाया कि अगर खाली होगा तो गूँजती हुई आवाज़ वापस आयेगी। पर नहीं आयी। मतलब डब्बे के अन्दर कुछ था। नानी अब तक अपनी जगह से खिसक चुकी थी और कमरे के उत्तर की तरफ़ पड़े बिस्तर के कोने पर बैठकर सुस्ता रही थी। माँ की खोज भी अब हताश हो चुकी थी–"यहाँ कुछ नहीं है और मिलने वाला भी नहीं है, अब छोड़ो नीचे चलते हैं", इतना कहकर माँ दरवाज़े की तरफ़ चल पड़ी। लच्छी भी बिस्तर के कोने से उठी और माँ के पीछे–पीछे निकल गयी। मैंने मुँह मोड़कर दरवाज़े की ओर नहीं देखा। शायद नानी ने पलटकर देखा हो।

अब जब कमरा खाली हो चला था तब मैं आराम से ज़मीन पर आलथी–पालथी मारकर बैठ गयी। डब्बे पर ठहरी धूल पर अपनी उँगली से लकीरें खींचने लगी। हैंडल पीछे की ओर पलटा हुआ था पर अभी भी दुरुस्त था। दायें हाथ से हैंडल पकड़कर और बायें हाथ से डब्बे के निचले हिस्से को सँभालते हुए मैंने उसे अलमारी के अँधेरे वाले कोने से निकालकर अपने सामने रख लिया। धूल के नीचे की चमक काफ़ी जानदार थी। हरा रंग और भी उजला हुआ। वाह! फ़ैशन कॉन्शिस नानी! अँगूठे से बटन दबाया और क्लिक की आवाज़ के साथ डब्बे का कवर अपनी जगह से उठ गया। ढक्कन को मैंने पूरी तरह से उठाया और जैसे ही वो डब्बे के जोड़ पर जाकर लेटा, वैसे ही उसके अन्दर पड़े काग़ज़ का ढेर हलका–सा बिखर गया। वैनिटी बॉक्स के अन्दर मिले तो काग़ज़?

दरवाज़े से आ रही धूप और रोशनी भी थोड़ी फीकी हो गयी थी। शायद आसमान में बादल घिर आये थे। कमरे का अँधेरा थोड़ा और घना हो गया। वैनिटी बॉक्स को उसकी जगह से उठाकर मैंने दरवाज़े की ओर से आ रही सिमटती हुई रोशनी की तरफ़ रख दिया। गर्दन को थोड़ा और झुकाकर, मैं अपनी नज़रें बक्से के और करीब ले आयी। अन्दर दिख रहे काग़ज़

फीके होते हुए नीले, पीले और हरे रंग के लिफ़ाफ़ों में बँधे हुए पत्र दीख पड़े। वैनिटी बॉक्स में चिट्ठी–पाती! मेरी उत्सुकता और भी तेज़ हो चली। बड़ी ही नाज़ुकता के साथ उँगली और अँगूठे के बीच सबसे ऊपर रखे हुए पत्र को उठाया। पुरानी किताबों के पुराने होते हुए कागज़ों से जिस प्रकार की सुगन्ध आती है, वैसी ही सुगन्ध उस चिट्ठी के कागज़ से मेरी उँगली पर चढ़ रही थी। कागज़ न तो दरमराया हुआ था और न ही कटा हुआ। डब्बे के भीतर पता नहीं कितने वर्षों से बन्द पड़े कागज़ों में एक ऐसी चिकनाहट और ऐसा रंग था जो शायद समय के साथ और धुँधला नहीं, बल्कि और ज़्यादा उत्साहित हो चला था।

गर्दन और नज़र झुकाते–झुकाते नानाजी की महीन और मेहनतकश लिखावट तुरन्त ही पहचान में आ गयी। सफ़ेद से मक्खनी होते हुए लिफ़ाफ़े के ऊपर और ठीक बीचोबीच में काली रंग की स्याही से एक सीधी रेखा में हरीशचन्द्र तिवारी के हाथों से अवतरित अक्षरों में श्रीमती लक्ष्मी तिवारी का नाम सजा हुआ था। दायें कोने में भतेरे स्टाम्प लगे हुए थे। डाक विभाग की गीली ठोंक वाली मुहर की छाप जो अक्सर ही थोड़ी फैल भी जाती है अपने बैंगनी से नीले रंग पर अभी भी इठला रही थी। अगर थोड़ा–सा भी शक़ रह गया था कि यह लिफ़ाफ़ा कहाँ से आया है तो बायें निचले कोने की तरफ़ जितना हो सकता है, उतने छोटे अक्षरों में श्रीमान हरीशचन्द्र ने अपना नाम और पता गोद रखा था।

डब्बे के अन्दर सँभले हुए इन लिफ़ाफ़ों का ढेर थोड़ा बिखर चुका था। जितने भी सालों से वह अपनी–अपनी जगह पर अटके हुए थे, अब सब ही वहाँ से थोड़ा–बहुत खिसक चुके थे। हर भागे हुए लिफ़ाफ़े के बीच में वही नाम सजा हुआ था–लक्ष्मी तिवारी। मेरी उँगलियाँ लिफ़ाफ़ों की जितनी उथल–पुथल करतीं, उतनी ही दफ़ा नीली या काली स्याही में जड़े हुए उन्हीं अक्षरों पर दौड़ जातीं। डब्बे की गाढ़ी हरी लाइनिंग की चिकनी सतह

पर मानो यह चिट्ठियाँ फिसल–फिसलकर कोई खेल, खेल रही थीं। एक–दूसरे के पीछे दौड़ रही थीं। डब्बे के कवर के अन्दर जो शीशा लगा हुआ था, वह इन चिट्ठियों के मैदान को दर्शाकर उनकी गिनती को दोगुना कर दे रहा था। उजली निखरी चिट्ठियाँ मानो बहुत दिनों बाद धूप देख रही हों और अपनी बनावट पर इतरा रही हों। मैं एक के बाद एक चिट्ठियों को उठाकर और उन्हें पलटकर देखने लगी। हर बार सँभालकर उन्हें उनकी जगह से उठाती यह सोचते हुए कि कहीं वह उठते हुए ही ढेर न हो जायें, पर वे हर बार मेरी शंका ढा देतीं।

चिट्ठी प्रेमी और ख़ासकर उन दशकों के लोग जो केवल पत्राचार से ही कुशल–मंगल भाँपते और जानते थे, वह अन्तर्देशीय पत्रों की शक्ल–सूरत नहीं भूल सकते। काग़ज़ के एक ही पर्चे पर एक तरफ़ पता और स्टाम्प की जगह हुआ करती थी और दूजी तरफ़ चिट्ठी लिखने के लिए। हर घर में छोटा या बड़ा ढेर होता ही होता था, हलके आसमानी रंग का। अलग से स्टाम्प न ख़रीदना पड़े और न ही लगाना पड़े, इस सहूलियत ने अन्तर्देशीय पत्र को मशहूर कर दिया था। मुझे हमेशा लगता था कि भला लोग एक–दूसरे को पोस्टकार्ड पर चिट्ठी लिखकर भेजते ही क्यों थे? गोया डाकिया ही सारा हाल जान लेगा? लिफ़ाफ़े में डालकर क्यों नहीं? शायद लिफ़ाफ़ा ख़रीदने की मेहनत हर कोई करना नहीं चाहता, इसलिए इनलैंड लेटर का यू.एस.पी. कमाल का है। चिट्ठी भी लिखिए और पोस्टकार्ड जैसी सार्वजनिकता से भी बच जाइए। डिब्बे के अन्दर रखे काग़ज़ों को टटोलते हुए एक भी पोस्टकार्ड न मिला। नाना इस बात को शायद मुझसे भी बेहतर समझते थे।

सारे पत्रों पर नाना की लिखावट रची हुई थी। यह बात तो पक्की थी कि चिट्ठियाँ नाना ने नानी को लिखी है, वो भी इतनी सारी। उसी क्षण में मेरे हाथ ने ख़ुद–ब–ख़ुद सबसे ऊपर पड़ी चिट्ठी को ज़ब्त कर लिया। मन में फड़फड़ाते हुए उत्साह को मेरी

दायें हाथ की उँगलियाँ सँभाल नहीं पा रही थीं। एक–दूसरे से आगे भाग रही थीं और मन की रफ़्तार उँगलियों की रफ़्तार से भी तेज़ दौड़ रही थी। दर्जनों ख़याल कौंध रहे थे। अगर नाना ने इतनी चिट्ठियाँ डाली थीं, तो नानी की जवाब वाली चिट्ठियाँ कहाँ गयीं? क्या नाना ने भी किसी डिब्बे या अलमारी में ऐसा एक और पुलिन्दा सँभालकर रखा होगा? और इतनी ढेर सारी चिट्ठियाँ लिखीं तो कब? वैवाहिक जीवन का ज़्यादा समय तो दोनों ने साथ ही बिताया था, तो ऐसी क्या बातें थी, जो इनको चिट्ठियों द्वारा लिखनी–बोलनी पड़ रही थीं? जितना मैंने नाना–नानी को बात करते देखा था, उतना तो लिखने लायक शायद था भी नहीं। नहाने–खाने की झिक–झिक, बीमारी और तीमारदारी, बहू–बेटी, दामाद–बेटे, नाती–पोते, फलते–फूलते परिवार की ज़िम्मेदारियाँ, कमज़ोरियाँ, दैनिक समस्याएँ और घटनाएँ यही तो उनके जीवन का जीता–जागता हिस्सा थीं। चिट्ठियों में भी क्या वह एक–दूसरे से यही कह रहे थे? मन का उत्साह थोड़ा बैठ–सा गया।

दायें हाथ से उठाकर मैंने चिट्ठी को अपने बायें हाथ की फैली हुई हथेली पर लाकर टिका दिया। लिफ़ाफ़े का दायीं तरफ़ का ऊपरी कोना और बायीं तरफ़ का निचला कोना हथेली के दोनों तरफ़, अलग–अलग सीमा से बाहर की तरफ़ लटक रहे थे। पुराने काग़ज़ की महक और उड़ते हुए रेशों और धूल के उठते ही मेरी छीकों का जो सिलसिला शुरू हुआ, वो लगभग 45 सेकेंड बाद ही ख़त्म हुआ। दरवाज़े से आती हुई धूप अब और भी मन्द हो चली थी। पश्चिम की ओर खिसक चुकी थी। लिफ़ाफ़े से नज़र उठाकर मैंने कमरे के आगे की तरफ़ एक बार फिर नज़र दौड़ायी। फ़र्श पर जो कालीन बिछी हुई रहती थी, वह कमरे के पिछले ओर वाले कोने में सँभलकर खड़ी हुई थी, और फ़र्श का खुरदुरा सीमेंट बैठने में चुभ रहा था। और कुछ वैसा ही एहसास दिला रहा था जैसा बचपन में हर गर्मी की छुट्टी में अल्मोड़ा का एहसास जो मेरे मन में आज भी बना हुआ था।

रिंगाई, नराई और लिखाई

बचपन में लगभग हर गर्मी की छुट्टी में हम अल्मोड़ा के लिए रवाना हुआ करते थे। कभी लखनऊ से काठगोदाम की रेलगाड़ी में और जिस साल रिज़र्वेशन न मिला, उस साल पिताजी की मारुति 800 और बाद के सालों में ज़ेन में। मुझे अल्मोड़ा जाना कत्तई पसन्द न था। छुट्टियों के आते ही मैं अल्मोड़ा जाने के विचार से परेशान हो जाया करती थी। लखनऊ से बरेली या काठगोदाम का सफ़र तो ठीक था। खाते–पीते और गाने सुनते–गुनगुनाते हुए बीत जाता था। माँ आलू–पूड़ी या करेले–पराँठे बनाती थी, कभी–कभी भिण्डी या कोई भी ऐसी सब्ज़ी जो अप्रैल–मई की गर्मी में तुरन्त ही ख़राब न हो जाये। पर काठगोदाम से चढ़ाई चढ़ने की शुरुआत से ही मैं बेचैन हो उठती थी। पहाड़ों की घुमावदार और लगातार मुड़ती हुई सड़कें मेरी जो हालत करती थीं, उन्हें व्यक्त कर पाना मुश्किल है। माँ रास्ते भर ठूँस–ठूँसकर खिलाती थी। बाक़ी रास्ते में कभी मैं चलती गाड़ी की खिड़की से अपनी गर्दन टाँगे रखती थी और कभी गाड़ी रुकवाकर सड़क के मोड़ वाले कोने से पहले कमर झुकाकर खड़ी रहती थी। भर–भरकर उलटी करने के लिए और कभी–कभी सिर्फ़ गाड़ी से बाहर निकलकर खुली हवा में खड़े होने के लिए।

2013 में लगभग 13 साल बाद जब मैंने फिर पहाड़ों की तरफ़ रुख किया, तो मैं थोड़ा घबरायी। घुमावदार सड़कों और डीज़ल ईंजन वाली गाड़ियों के घने काले धुएँ की गन्ध ने मेरी यादों पर जो आक्रमण किया, तो मन हुआ कि काठगोदाम से ही ट्रेन पकड़कर वापस चली जाऊँ। पर टैक्सी में बैठकर अल्मोड़ा पहुँचते–पहुँचते वो यादें छू–मन्तर हो गयीं। नयी गाड़ियाँ, चौड़ी होती सड़कें, और पेट्रोल वाले ईंजनों ने पहाड़ी सफ़र की शक्ल–सूरत काफ़ी बदल डाली थी। लगभग साढ़े चार घण्टे का सफ़र मैंने ढाई घण्टे में ही तय कर डाला। एक बार भी न

तो खिड़की से गर्दन निकालनी पड़ी और न ही कोने में गाड़ी रुकवानी पड़ी। गाँव में रहने वाली पहाड़ी औरतों से बाद में पता चला कि वो इस मोशन सिकनेस वाली भावना को रिंगाई कहती हैं। तब समझ में आया कि मेरी बचपन की यादों में अल्मोड़ा, अल्मोड़ा से नहीं, रिंगाई से परिभाषित था। ऐसी समस्या जो वयस्क होते–होते ख़ुद ही हल हो गयी थी।

पर बचपन में विश्वनाथ निकेतन पहुँचकर भी मुझे कोई ख़ास चैन नहीं मिलता था। एक तो बचपनभर मुझे दमे ने सताकर रखा, ऊपर से अल्मोड़ा का खारा पानी अच्छे–अच्छों को अपच का शिकार बना दे। पर नानी के घर और नानी के प्यार में अगर खाना–पीना नहीं है तो और क्या है? छोटी–छोटी साँस भरते हुए और बलगम भरी खाँसी के बावजूद भी मुझे खाना खाने का डर सताता रहता था। और कुछ नहीं तो विश्वनाथ निकेतन में नियम की आश्वस्तता तो थी ही। सुबह नौ से ग्यारह बजे के बीच छोटी–सी रसोई की बगल में खाने के कमरे में दलिया, चना, टोस्ट, और उबला हुआ अण्डा धमकी भरी निगाह से सफ़ेद चीनी–मिट्टी वाली प्लेट पर फैला हुआ रहता था। वैसा केला जिसको छीलने से पहले ही डर लगने लगता था कि कहीं काले और पिलपिले दाग न मिल जाये। मिलते भी थे और दो दर्जन नाती–पोतों को खिलाने–पिलाने वाली नानियाँ बड़ी ही कुशलता के साथ केले का पिलपिला हिस्सा, दलिये की मलाई और टोस्ट का मक्खन कम कर के या बढ़ा के खिला भी देती थीं।

पहाड़ के दूध और पहाड़ के पानी दोनों की आदत लगने में समय ज़रूर लगता है। काफ़ी समय बाद गाँव–गाँव जाकर ही पता चला कि पहाड़ी गाय ज़्यादा दुधारू नहीं होती है। घर की दूध की ज़रूरत और खेत की गोबर की ज़रूरत को पूरा कर ले, गाय की भी इतनी ही ज़रूरत होती है। दूध में न तो रंग होता है और न ही स्वाद, इसलिए दूध से से ज़्यादा लोग मट्ठा ही पी लिया करते हैं या फिर उसका दही या घी बना लेते हैं। घर में

बने दलिये में इसी दूध के सारे अवगुण सिमटे होते थे। तब मुझे पहाड़ी गाय के दूध की गुणवत्ता के विषय में इतनी जानकारी क़तई नहीं थी और होती तो शायद माँ और नानी को समझा पाती कि इस दलिये को खाते ही मुझे पुनः रिंगाई जैसा एहसास क्यों होने लगता है। नाश्ता ख़त्म करके सुस्ताने का समय पूरा न होता था कि दिन के खाने की फुसफुसाहट शुरू हो जाती थी। आज पालक बन रहा है, साथ में आलू भी बनाऊँ क्या, अगर फलाँ को पालक ज़्यादा पसन्द नहीं है तो? चूँकि नाश्ता सदियों से तय कर लिया गया था, तो उस विषय में इतनी चर्चा नहीं होती थी। पर दिन के बचे बाक़ी सारे खाने से सम्बन्धित आयोजन परिवार के पुरुषों के मूड और तबीयत को नाप–तोल कर ही तय किये जाते थे।

संयुक्त परिवारों के रसोईघर में भले ही स्त्रियों का आधिपत्य हो, उनका संचालन तो फिर भी घर के पुरुष ही किया करते हैं। हरी सब्ज़ी बनेगी या दाल या फिर दोनों, गोभी को कम पकाना है या ज़्यादा, धनिया कम या ज़्यादा, थाली में अलग से नमक रखना है या फिर मिर्च। तिवारी परिवार के अधिकतम पुरुषों का जिह्वा प्रेम इतना पक्का था कि घर का अर्थशास्त्र और धर्मशास्त्र दोनों ही तिजोरी या मन्दिर से नहीं, रसोईघर से संचालित होता था। दिन के खाने से निपटकर और तुरन्त ही थकान भगाकर उतनी ही जल्दी शाम की चाय की तैयारी हो जाती। रात के खाने से पहले ही अगली सुबह की चाय की केतली और गिलास केतली पोश सहित रातभर ट्रे पर सजकर बैठे रहते थे। इसलिए अल्मोड़ा पहुँचकर खाने से फ़ुरसत कम ही मिलती थी। शाम का नाश्ता पच नहीं पाता था कि रात के खाने को चबाने की फ़िक्र शुरू हो जाती थी। ऊपर से मैं बचपन में खाना बहुत ही धीमे–धीमे खाया करती थी। मुझे खाना खिलाना मेरे माता–पिता के लिए भारतीय स्पेस मिशन के समान था जो कभी–कभार ही सफल हो पाता। एक समय का खाना ख़त्म करने में मुझे

अक्सर ही घण्टेभर से ज़्यादा समय भी लग जाया करता था। पर नानी के पास इसकी कुंजी थी। नानी ज़बरदस्त कहानीकार है। कहानियों की लालसा मुझमें अत्यधिक थी और नानी के नातिनी प्रेम का मैं बहुत फ़ायदा उठाती। मेरा खाना नानी की कहानियों के बीच में लिपटा होता औसतन तीन या चार कहानियाँ मतलब मेरे एक टाइम का खाना। शायद नानी की कहानियों के लोभ में आकर और भी धीमे खाती थी। नानी की कहानियों का पिटारा सीमित अवश्य था, परन्तु मुझे उन कहानियों की कथा से ज़्यादा नानी जिस लय में कहानी सुनाती, वह भाता था। उन्हीं लयों में मन्त्रमुग्ध होकर मेरी माँ के अनुसार मैं 'जुगाली' करती और खाना ख़त्म करने की प्रक्रिया पूर्ण होती। नानी की कहानियाँ मेरे बचपन की दास्ताँगोई से कम न थीं।

अल्मोड़ा की व्यस्तता में भी मेरा लालच यही होता था कि नानी जो कहानी मुझे मेरठ, कानपुर या लखनऊ में आकर अकेले में सुनाया करती थी, काश कि वही कहानियाँ अल्मोड़ा में भी दोहरा दे। पर चाय, खाना, मन्दिर और मेहमानदारी के बीच घर की महिलाओं को फुरसत ही कहाँ मिलती थी। अगर मिलती भी थी, तो आने वाले त्योहार, व्रत या शादी की तैयारी में फिर जुट जाया करती थी। मैं खाने की जुगाली करते–करते अपने मन में ही उन कहानियों को नानी की लयकारी आवाज़ में दोहरा लिया करती थी। सात बेटियों या फिर उनके ब्राह्मण पिता की कहानी या एक माँ–बेटी की सोने के लालच वाली कहानी और मेरी अति पसन्दीदा लाटे भाई की कहानी। हर कहानी को नानी कहकर नहीं, गाकर सुनाती और जितनी बार भी सुनाती थी, धुन हमेशा वही होती थी। मानो स्वर नानी के सामने स्वयं लिखे हुए हों और नानी कहानी को गाये जा रही हो।

बचपन में हम लोग नानी को 'पान नानी' कहकर बुलाते थे। चाँदी के रंग की चौकोर पानदानी में नानी के पान सहेजकर रखे रहते थे। पान खाने की चाहत और आदत लच्छी को माता–पिता

से विरासत में मिली थी। सुनहरे रंग के सरौंते से सुपारी काटती थी। सुपारी और तम्बाकू का डिब्बा भी साथ चलता था। गोलाकार चेहरे पर बड़ी लाल बिन्दी, साड़ी का पल्ला बायीं ओर से आते हुए दायें कन्धे को ढँकता हुआ और बड़ी–बड़ी आँखों समेत, पान–नानी की छवि एक सुघड़ गृहिणी के रूप में अंकित थी।

आज भी कई बार भले ही मैं कहानी भूल जाती हूँ, पर उसके स्वर मुझे याद रहा करते हैं। अल्मोड़ा पहुँचकर मैं तो नानी की कहानी से भी वंचित हो जाती। दमे की परेशानी, ठुँसा हुआ अपच वाला पेट, कहानी बग़ैर जुगाली और रिंगाई वाला दूध–दही मेरे लिए अल्मोड़ा बन गये थे। मुझे इन सबसे ही ख़ूब खुन्दक हो जाती। आने के एक–दो दिनों में ही, अगर नानी अपनी रसोई और पूजा में गुम जाती तो नानाजी काग़ज़–पत्तर में। मुझे याद नहीं कि मैंने उन दोनों को कभी एक–दूसरे से बात करते देखा या सुना भी होगा। नानाजी का सुबह का नाश्ता वो अलग ही खाते, उनके कमरे में पहुँचा दिये जाने के बाद। दिन और रात का खाना भी वो समय से और बिना किसी काण्ड के खा लेते तो केवल घर के बाशिन्दे ही नहीं, छत और दीवारें भी गहरी साँस लेतीं।

अल्मोड़ा में छुट्टी के इन दिनों में अगर नानी–नाना के बीच बात होते हुए मैंने देखी भी थी तो ज़्यादातर नानी को नाना से अनुमति माँगते ही देखा होगा। फलाँ के यहाँ कीर्तन या पूजा में जाने के लिए, कभी आश्रम में भण्डारे के लिए या फिर मन्दिर तक हाथ जोड़ने के लिए। नाना उसी स्वर में अनुमति नहीं देते। वैसे तो अनुमति लेने और देने तक बात बहुत कम ही पहुँचती। नानी ख़ुद–व–ख़ुद ही समझ जाती थी कि उसके बाहर जाने से मुश्किल ही होगी। नाना का स्वास्थ्य हमेशा से ही नाजुक रहा था पर उनकी ज़िद उतनी ही टेढ़ी। रक्तचाप हमेशा कम ही रहता था और वह अक्सर ही कमज़ोरी का शिकार हो जाया करते थे। बढ़ती हुई उम्र में वह कई बार बाज़ार पहुँचने से पहले ही सड़क पर गिर पड़ते। अल्मोड़ा उनका अपना शहर

था और बाज़ार में हर दूसरा दुकानदार उनको पहचानता था। हरीश बाबू को कोई–न–कोई बेरोज़गार नौजवान या रिटायर्ड रिश्तेदार सँभालकर घर पहुँचा ही जाता था। तबीयत पूछने वालों की कमी तो अल्मोड़ा में वैसे भी नहीं थी। विश्वनाथ निकेतन में कई बार ऊपरी मंज़िल वाले या फिर नीचे से ऊपरी मंज़िल वाले कमरों का रास्ता एक–दूसरे की तबीयत पूछने के लिए ही तय किया जाता था।

क़रीब 200 साल पुराने विश्वनाथ निकेतन के सारे कमरे और दरवाज़े 200 साल पुराने कत्तई न थे। पुराने पहाड़ी घरों की तरह सड़क की सतह से एक मंज़िल नीचे घर का सबसे पुराना हिस्सा है। जहाँ आँगन में आज भी ओखली धँसी हुई है, जहाँ घर के खेत में अभी भी कुछ पेड़ और पौधे बचे हुए हैं, जहाँ गाय के गोठ में अब पानी भर के रखने की स्टोरेज बन गयी है। जहाँ लैट्रीन अभी भी कमरों से जुड़ी हुई नहीं, आँगन के पास खेत के दूसरे कोने में है। इस मिट्‌टी और पाथर के ऊपर कुछ 60–70 साल पुराना सरिये और सीमेंट का ढाँचा नानाजी की पीढ़ी ने खड़ा किया था। अब वो सीमेंट का फ़र्श धीरे–धीरे कोने छोड़ रहा है। निचली मंज़िल की दीवारों में समय की नमी और सीलन बस चुकी है। नाना के पिता मदनमोहन तिवारी के अन्य भाइयों के बच्चे और उनके बच्चे अब इस हिस्से के रहनुमा हैं। रामू कक्का और लीला चाची, गोपू कक्का और दया चाची, रजन कक्का और प्रेमा चाची, शरद कक्का और आशा चाची, तुक्की कक्का और रेनू चाची। इन सारे कक्का और चाचियों के क़िस्से और किरदार माँ का ही नहीं मेरी बचपन की यादों और कहानियों का अनोखा हिस्सा बन चुके हैं।

अल्मोड़ा में विवेकानन्द पर्वतीय कृषि अनुसंधान केन्द्र से सेवानिवृत्त रामू कक्का इस बिरादर के मुखिया है। लीला चाची ने जवानी और बुढ़ापे दोनों में ही उनके अड़ियलपने को हँसते–हँसते उड़ा डाला था। यह उतना ही कमाल था जितना कि रामू कक्का

ने लीला चाची के विशेष व्यवहार को "अरे यार, तुम भी न!" कहते–कहते निभा डाला था। दूसरे भाई रजन कक्का वाली प्रेमा चाची अपनी अनोखी गीतमय आवाज़ में अक्सर कहा करती थी, इन तिवारियों का तो 'त' भी टेढ़ा 'व' भी टेढ़ा और 'र' भी टेढ़ा है। रजन कक्का की दिनचर्या ने प्रेमा चाची की दिनचर्या को जकड़कर रखा हुआ था। सुबह चार बजे उठकर और कई दफ़ा चाय पीकर, नहा–धोकर, दस बजे दाल–भात, सब्ज़ी खाकर वह फिर सो जाया करते थे। दिनभर नींद निकालकर शाम की चाय के लिए समय से उठकर वह बाज़ार का रुख़ कर लेते थे। शायद दिन के सारे पहरों में से इसी पहर प्रेमा चाची को थोड़ी फ़ुरसत मिल पाती थी। ऊपरी मंज़िल की भाभियों की मध्यमवर्गीयता और निचली मंज़िल की देवरानियों के श्रमिक जीवन में काफ़ी अन्तर था। यही वह अन्तर था जिसकी वजह से निचली मंज़िल का जीवन गर्मियों की छुट्टियों में आये हुए पहली मंज़िल के नाती–पोतियों को आश्चर्यजनक लगता था। बचपन में हास्यास्पद भी। जितना कि ऊपरी मंज़िल पर उच्च पदों से सेवानिवृत्त हुए सरकारी अधिकारियों की पितृसत्ता जमी हुई थी, उतना ही निचली मंज़िल पर कम पदों से सेवानिवृत्त सरकारी अधिकारियों की। भले ही निचली मंज़िल की महिलाएँ और पहली मंज़िल की महिलाएँ तिवारियों के टेढ़ेपन के विषय में एक–दूसरे के लिए 'शिबौ हाड़ी' करते–करते चाय के दो–तीन गिलास पी सकती थीं, इतना फ़र्क़ तो था कि ऊपरी मंज़िल की महिलाओं की अभिजात्यता ने उन्हें बढ़ती उम्र में अल्मोड़ा की ठण्डी दीवारों और बर्फ़ीले पानी के श्रम से दूर, देश के अलग–अलग महानगरों में सादर पहुँचा दिया था।

तीसरे भाई गोपाल तिवारी उर्फ़ गोपू कक्का वाली दया चाची को तो यह सुख भी शान्ति से न प्राप्त हो पाता था। तीन बच्चों की माँ और उनके तीन बच्चों की दादी–नानी इस उम्र में भी नयी दुल्हन जैसी सँभली रहती थी। शायद सारी पूजा–प्रार्थना भी वह श्रीमान् गोपाल तिवारी के परशुराम समान क्रोध को ठण्डा रखने

के लिए ही करती होंगी। पहाड़ी घरों में जितना बड़ा मन्दिर या पूजा का स्थान होता है, शायद उतना ही तीव्र घर के आदमियों का गुस्सा। इसलिए सारे देवी–देवताओं के सामने दिन के दो टाइम प्रार्थना करते हुए वह शायद यही मनाती होंगी कि सूर्योदय और सूर्यास्त दोनों के बाद ही पुरुषों का गुस्सा बँधा रहे। और उनका अपना संयम बना रहे। दया चाची के मन्दिर का साईज़ 'एम' से 'एल' और अब 'डबल एक्स एल' हो चला था। जितनी बार वह अल्मोड़ा की सर्दी से भागकर अपने बेटे के पास दिल्ली पहुँचकर थोड़ा आराम करने की सोचती, गोपू महाराज उलटे पाँव कभी वापस अल्मोड़ा पहुँच जाते या फिर देहरादून में अपनी बड़ी बेटी के पास। और दया चाची के लिए फिर एक चुनौती खड़ी कर देते। अल्मोड़ा रहते हुए तो उनकी सारी इच्छा–अनिच्छा का वह ध्यान रखती ही थी, पर अब अल्मोड़ा–देहरादून–दिल्ली के बीच भागते हुए, वह भला क्या ही करती? फ़ौज से रिटायर्ड गोपू जी की मूँछों का बल जस–का–तस बना हुआ था। वह मूँछें अक्सर ही फ़ौजी कैंटीन से कम दरों वाली रम से भीगी रहतीं या सिगरेट के धुएँ से रूखी। चौथे बिरजू कक्का कभी–कभार सीढ़ियाँ चढ़कर बायीं तरफ़ वाली सब्ज़ी की दुकान के बगल में एक पुरातन–सी परचून की दुकान में ताश खेलते हुए दीख पड़ते। तुक्की कक्का जब भी दिखते, ऐसे दिखते जैसे 80 के आख़िरी के सालों में अपनी बाजी आजमाता हुआ जितेन्द्र कपूर, भले ही उनके बाल शशि कपूर जैसे थे। पिछले वर्ष तुक्की कक्का चल बसे। स्वयं को जिस विश्वास से वह कलाकार बुलाते थे, उसी विश्वास से अपने रिटायर होने के कई सालों बाद तक भी उन्होंने यह पता नहीं चलने दिया कि वह रिटायर हो गये या नहीं। कलाकारी भी उन्होंने बहुत ज़्यादा तो नहीं की, पर उनके घर की बैठक में आज भी क़रीब चालीस या पचास साल पुरानी उनकी बनायी हुई नीम करोली बाबा की एक मनोहरी तस्वीर टँगी हुई है। उनकी दोस्ती भी ज़्यादातर या तो कलाकारों से ही होती थी या फिर

ताशबाज़ों से। पहाड़ी आदमी अगर बन–ठनकर ताश न खेले तो उसकी पहाड़ियत पर शक़ भी किया जा सकता है।

विश्वनाथ निकेतन के नीचे के तल्ले की दुनिया एक और वजह से ऊपर की दुनिया से अलग थी। जिस अंग्रेज़ियत ने बड़े नाना के साथ उस घर में प्रवेश किया था, वह उसे कभी छोड़ ही नहीं पायी थी। 60–70 के दशक में अमेरिका और यूरोप घूमे हुए एस.पी. नये आज़ाद हुए भारत के उन किरदारों में से थे जो अंग्रेज़ों से भी ज़्यादा अंग्रेज़ थे। अल्मोड़ा पहुँचकर छत पर बना उनका एकाकी कमरा इसका जीता जागता प्रमाण है। इस कमरे के लिए सीढ़ियाँ रसोईघर के सामने से होकर जाती थी। रसोईघर के सामने लकड़ी की पुरानी–सी अलमारी थी, जिसके कुछ पल्लों में जाली लगी हुई थी। वहाँ हरीश तिवारी के नियमित रूप से इस्तेमाल होने वाले बिजली के समान एवं अन्य औज़ार और पुर्जे सँभले रहते थे। इसी अलमारी के अचानक से ख़त्म हो जाने पर बायीं तरफ़ एक लकड़ी का दरवाज़ा था। ग़ौर फरमाना चाहिए कि इस घर में रंगो का एक नियम था। विश्वनाथ निकेतन के सारे खिड़की और दरवाज़े हरे रंग के, अन्दर की दीवारें नीली, बाहर की सफ़ेद और टिन वाली छत लाल हुआ करती थी। हरा रंग ऐसा जैसे पिस्ता वाला हरा, पर कम दाम वाला थोड़ा कच्चा–सा पिस्ता, जो खाने में थोड़ा नर्म हो। नीला ऐसा जैसे सफ़ेद बनियान पर ग़लती से थोड़ी ज़्यादा ही नील चढ़ गयी हो और सफ़ेदी चमकाने की जगह वह ज़्यादा नीली ही नज़र आने लगे। सफ़ेदी भी चूने की ही थी जितनी झड़ती थी, उतनी ही और पोती जाती थी। नतीजतन दीवारों पर मोटी–पतली परतें बन गयी थीं। समय के साथ–साथ टिन की छत का लाल रंग उड़–उड़कर सिर्फ़ यादों में ही लाल रह गया था।

इन्हीं सीढ़ियों के पीछे और नीचे की तरफ़ कुछ ऐसी ख़तरनाक लकड़ी की सीढ़ियाँ थीं जो निचली मंज़िल के गोठ में जाकर खुलती थीं। कई बार इन सीढ़ियों को चढ़ते हुए हाथ में एक

डण्डा लेकर जाना पडता था। ऐसा बन्दरों के छत पर होने के डर की तैयारी में करना पड़ता था। सीढ़ियों की चर्र–मर्र की आवाज़ से उन्हें कोई फ़र्क़ नहीं पड़ता था पर डण्डे को सीढ़ियों पर ठोंक–ठोंककर चढ़ने से जो आवाज़ होती थी, वो उन्हें दूर भगाने के लिए कई बार सफल साबित हो चुकी थी। विश्वनाथ निकेतन में गुज़ारे हुए कुछ आख़िरी सालों में कई बार यह सफ़र लच्छी को भी तय करना पड़ा था, क्योंकि उम्र होते हुए बड़े नाना का खाना वहीं पहुँचाना पड़ता था।

आज से 10–15 साल पहले भी यह सीढ़ियाँ उतनी ही चरमराती थीं, जितनी की आज। बनी भी काफ़ी अटपटी थीं, इतनी ऊँची की पाँव नहीं, पूरा पैर ही उठाना पड़े। छत पर पहुँचते ही बायीं तरफ़ बड़े नाना का एक छोटा–सा कमरा और उसे लगा हुआ एक छोटा–सा बाथरूम था। उस कमरे का मानचित्र मैं आज भी आँखें बन्द करके खींच सकती हूँ। अल्मोड़ा में यही कमरा मेरा सुकून था। पहले एक जाली का दरवाज़ा और फिर एक लकड़ी का। कमरे में क़दम रखते ही बायीं तरफ़ शेल्फ़ वाली कम क़द की टेबल पर रेडियो रखा रहता था और उसके आस–पास नानाजी की अनेकानेक दवाइयाँ। इसी टेबल के बगल में एक आरामदार कुर्सी जिस पर कढ़े हुए सीट कवर और कुशन कवर मीना मौसी के कमरे की कोने वाली अलमारी से निकल–निकलकर आते थे। इसी कुर्सी पर बैठकर और सुबह–शाम रेडियो चालू करके शिव प्रसाद तिवारी जी दुनिया से अपना सम्बन्ध बनाये रखते थे। कमरे के बायीं तरफ़ भी एक खिड़की थी जिसके सामने एक बड़ी मेज़ लगी हुई थी, लिखने वाली, जिसे अंग्रेज़ी में डेस्क कहते हैं। वहाँ कई क़िस्म के पेन, कैलेंडर, पेपर वेट, नोटपैड और काग़ज़ पड़े रहते और थोड़ी और दवाइयाँ और दवाइयों के डब्बे भी। कुछ खुले हुए अधूरे पत्र या फिर डायरी के पन्ने भी। एक बार तो बड़े नाना ने क़रीब सालभर का मौन व्रत भी रख डाला था। उस साल की गर्मी की छुट्टियों में इस मेज़ पर काग़ज़

की कई पर्चियों को देखे हुए की मुझे साफ़–साफ़ याद है। बायीं तरफ़ ही और कोनेनुमा पिछवाड़े की तरफ़ पहले एक लकड़ी की अलमारी थी और उसके बगल में दीवार में गड़ी हुई एक और छोटी–सी लकड़ी की अलमारी। शायद 8–10 कमरों वाले घर में यह मेरा सबसे पसन्दीदा कोना था। बड़ी लकड़ी वाली अलमारी में नानाजी की दुनियाभर से इकट्ठी की हुई किताबें थीं और छोटी वाली में अंग्रेज़ी बिस्कुट, चाय के साथ खाने वाले। रावलगॉन की मीठी–मीठी गोलाकार नारंगी रंग की टॉफ़ियाँ भी। इन दोनों अलमारियों को खोल–खोलकर किताबें और टॉफ़ियाँ देने वाले बड़े नाना को किसी नाती या पोते ने 'खोलू नाना' नाम दे डाला था।

कमरे के पिछली दायीं तरफ़ एक छोटा और सजीला बाथरूम था। टॉफ़ी और बिस्कुट खिलाने से पहले नाना कभी भी सफ़ेद सिंक में इंपीरियल के साबुन से हाथ धुलवाना नहीं भूलते थे। भले ही टॉफ़ी और बिस्कुट का लालच मुझे अक्सर लगा रहता था, उससे भी ज़्यादा यह लालच रहता था कि खोलू नाना लकड़ी वाली अलमारी खोलें और मुझे कोई किताब थमा दें या फिर पलटने ही दें। उस अलमारी में कई भाषाओं में किताबें थीं। तब तो मुझे एक भाषा से दूसरी भाषा का फ़र्क़ भी नहीं समझ आता था। फ्रेंच हो या स्पैनिश, मेरी लिए तो सब अंग्रेज़ी ही था। लखनऊ की मध्यवर्गीयता में अंग्रेज़ियत के बड़े मायने थे। भूले–भटके मेरे हाथ कोई किताब लग जाती तो 12 साल की उम्र में भी मैं उसकी अंग्रेज़ी से पूरी तरह जूझती। भले ही वह बर्ट्रेंड रसेल का लेखन हो या फिर लियो टॉलस्टॉय का। चूँकि बड़े नाना भारत सरकार के पर्यटन विभाग के निदेशक रह चुके थे, उस लकड़ी की अलमारी में सबसे नीचे वाले शेल्फ़ में पर्यटन विभाग द्वारा भारतभर की जगहों के चिकने और रंगीन काग़ज़ पर छपे हुए ब्रोशरों का ढेर लगा रहता था। यही ढेर मेरे लिए ख़ज़ाना था। यहीं पर पहली बार मैंने कर्नाटक प्रदेश के हम्पी के दृश्य देखे थे, और यहीं पर पुरी और खजुराहो की मूर्तियों

की सुन्दरता और नवीनता से मेरा सरोकार हुआ था। गर्मी की छुट्टियों में मिलने वाले हॉलीडे होमवर्क के कई प्रोजेक्ट मैंने इसी अलमारी से ब्रोशरों को निकाल–निकालकर और कई बार काट–चिपकाकर पूरे किये थे। पर जब मैं स्कूल के प्रोजेक्ट नहीं बना रही होती थी, तब इन किताबों को पढ़ती हुई नाना की आवाज़, और पन्नों पर घिसती–घसीटती हुई मेरी उँगलियाँ ही मेरे लिए छुट्टियों का जादू थीं, और वो कमरा एक जादुई गुफ़ा। अगर अल्मोड़ा पहुँचकर मैं कहीं भी टिक सकती थी, तो वो यही कमरा था। रेडियो की घड़घड़ाती हुई आवाज़, कभी तेज़, कभी मन्द। सूरज के ढलने के बाद बल्ब की फीकी रोशनी और बड़े नाना की मद्धम आवाज़ में अंग्रेज़ी में साफ़ उच्चारण। छत पर टिके इस छोटे कमरे के अलावा मैं बाक़ी विश्वनाथ निकेतन या अल्मोड़ा में कोई भी दिलचस्पी नहीं ले पाती थी। अगर अल्मोड़ा की कभी भी नराई[1] लगती, तो वो इस कमरे की।

अचानक ही बिना चटाई के सीमेंट के फ़र्श की ठण्डक का एहसास मेरी पीठ के ऊपर चढ़ने लगा। मुझे ध्यान आया कि चिट्ठी के कोने को अपनी उँगलियों के बीच दबाये हुए मुझे काफ़ी देर हो गयी थी। कोने की पकड़ के सहारे मैंने पूरे विश्वनाथ निकेतन का चक्कर लगा डाला था। सूरज की रोशनी भी अब लगभग ख़त्म हो चुकी थी और ढलती हुई रोशनी में यादें भी ढलती जा रही थीं। जो चिट्ठी मैंने बहुत देर से सँभाल कर पकड़ी हुई थी, वो मेरे हाथ से फिसलकर वापस उसी ढेर में मिल गयी। डिब्बे का मुँह अभी भी खुला पड़ा हुआ था। ऐसे जैसे कि वह भी अपना जबड़ा सँभाले–सँभाले थोड़ा थक गया हो। नानाजी का सफ़ेद, तेल लगे चमकते बालों से भरा हुआ सिर अपने आप ही मेरी आँखों के सामने झलक पड़ा। पीले बल्ब की मन्द रोशनी वाले लैम्प के घुलते हुए उजाले के नीचे मोटे सफ़ेद कागज़ पर झुका हुआ एक चमकता सफ़ेद सिर।

---

1. किसी की याद आने को पहाड़ी में 'नराई' लगना कहते हैं।

इस घर में ये चिट्ठियाँ ही पहली चीज़ नहीं थी जो मेरे हाथ लग गयी थीं। विश्वनाथ निकेतन में मेरे दो साल रहने के दौरान नाना–नानी के जीवन के बहुत सारे टुकड़े अनायास ही प्रकट होते रहे। अल्मोड़ा के प्रति मेरा रुझान किसी सोची–समझी योजना का हिस्सा कत्तई न था। मैंने कभी यह कल्पना भी नहीं की थी कि मैं अल्मोड़ा जाकर वहीं की हो जाऊँगी, बिल्कुल एक अल्मोड़िया समान। विश्वनाथ निकेतन के दो सौ साल से ऊपर के इतिहास में कोई भी महिला उसके किसी भी कमरे में कभी भी अकेली नहीं रही थी। पर मेरे लिए चुनौती यह न थी कि मैं वहाँ स्वयं रहूँगी। इस चुनाव को मैंने चुनौती स्वरूप कभी समझा ही नहीं था। एक ख़याल था जो 2013 की गर्मी में मेरे दिमाग़ में कौंधा और फिर मेरा दिमाग़ ही बन गया, और अल्मोड़ा ने उसे घेर लिया। मुझे नहीं पता था कि उन दो वर्षों के दौरान अल्मोड़ावासियों ने मुझे कैसे आँका। भले ही वह दो साल गिनती में दो थे, पर मेरे अन्तर्मन में वे उस गिनती से जुड़ते जा रहे थे, जो मेरे बचपन की गर्मियों की छुट्‌टी की गिनती से शुरू होती थी। फिर धीरे–धीरे उस गिनती का कोई मतलब ही नहीं रह गया था। जिस दिन मैंने विश्वनाथ निकेतन के स्टोर के बड़े से कमरे का दरवाज़ा खोलकर वहाँ की चीज़ें टटोली, मेरे मन में और बहुत–सी स्मृतियाँ और विस्मृतियाँ पनपने लगीं। लकड़ी के केस में बँधा रेडियो वो भी एच.एम.वी. वाला, बक्से में बन्द नानी की शादी का जोड़ा, एक और बक्से में बन्द नाना के गर्म कपड़े, कम्बल और शॉल। बक्सों और डिब्बों में बन्द ये सामान ही मेरे लिए विश्वनाथ निकेतन का अनुभव और उसकी परछाईं बन गये थे। बचपन की रिंगाई से अलग।

विश्वनाथ निकेतन केवल एक घर का नाम ही नहीं, अल्मोड़ा में मेरी पहचान भी बन गयी। अपना नाम या अपने नाना–नानी का परिचय देने से पहले मैं अक्सर ही इस घर का परिचय दे देती। ''अरे जाखनदेवी में, जहाँ से एडम्स की सीढ़ियाँ ऊपर की तरफ़ जाती है, उसके सामने वाला मकान,'' या फिर ''वो हरे

खिड़की–दरवाज़े" या "लाल छत वाला।'' विश्वनाथ निकेतन की अपनी एक हस्ती थी जो उसके बाशिन्दों की हस्ती की मोहताज नहीं थी। अल्मोड़ा में ऐसे कई ठिकाने हैं, जिनके अपने नाम ही इतिहास से जुड़े हुए हैं। और इसमें भी कोई अचरज की बात नहीं कि ये सारे लैंडमार्क्स या तो मोहल्लों के ब्राह्मणों के पुश्तैनी घर हैं या फिर बाज़ार में शाह और सुनारों के। पुरानी यादों के साथ पुरानी हायरार्कीज़ बरकरार हैं। भले ही पहाड़ों में अंग्रेज़ों का ज़्यादा ध्यान नैनीताल के शहरीकरण और सौन्दर्यीकरण की तरफ़ लगा रहा था लेकिन कुमाऊँ और ख़ासकर कि पूर्वी कुमाऊँ का पहरेदार होने के कारण अल्मोड़ा भी सरकारी दस्तावेज़ों, फ़ाइलों और योजनाओं में गुदा हुआ है। 1815 में अंग्रेज़ी शासनाधीन होने के समय अल्मोड़ा ही कुमाऊँ की राजधानी थी। वैसे भी हवलबाग के समीप हुए युद्ध में अंग्रेज़ों ने आख़िरकार गुरखों को काफ़ी दाँव–पेच के बाद हरा कर अल्मोड़ा से ही अपनी विजय की घोषणा की थी। सैनिकों के लिए छावनी, अफ़सरों के लिए बँगले, नागरिकों के लिए अपनी बस्ती और पास के बिनसर और कसार देवी के जंगलों में वनाधिकारियों के लिए आराम घर–अंग्रेज़ी शासन का पूरा ढाँचा अल्मोड़ा में भी स्थापित किया गया था।

इसलिए बाज़ार में तफ़रीह करते समय या शाम को चाय पीते समय अक्सर ही कोई–न–कोई यह टिप्पणी कर ही डालता था कि अल्मोड़ा की पहचान तो अल्मोड़िया और अल्मोड़ियत से है पर नैनीताल के लिए क्या कहियेगा? लाला बाज़ार भले ही पटाल से कोटा पत्थर हो गया हो और अल्मोड़ा का भूगोल बाज़ार के पार बावन सीढ़ी से नीचे धारानौला तक फैल गया हो, पर इन सबके बीच अल्मोड़ियत को डिस्काउंट नहीं किया जा सकता था। इस अल्मोड़ियत के बीच खड़े हुए श्री विश्वनाथ निकेतन की दूसरी मंज़िल पर बिना खिड़की वाले कमरे में बैठी हुई मैं इसी कमरे के रहनुमा हरीश और लच्छी के पत्राचार की साक्षी बन बैठी थी।

प्रिय लक्ष्मी

कमरे में अब काफ़ी अँधेरा हो चुका था। मेरे सामने रखे डिब्बे की चिकनी हरी सतह अँधेरे में अब काली नज़र आने लगी थी। उसके भीतर रखी चिट्ठियाँ भी अँधेरे में घुलती जा रही थीं। सीमेंट की ठण्डक मेरी गर्दन तक लगने लगी थी और फ़र्श की खुरदुराहट भी। सबसे ऊपर रखे लिफ़ाफ़े को दृढ़ता से उठाकर मैंने एक ही झटके में पत्र को उससे निकाल लिया। लिफ़ाफ़े पर बारीक अक्षरों में सजा हुआ था–

श्रीमती लक्ष्मी तिवारी

द्वारा श्री ललित मोहन तिवारी एम.एस.सी एड्‌जुटेंट

XI बी.एन.,पी.ए.सी. ट्रेनिंग सेंटर, सीतापुर

लिफ़ाफ़े के दायें कोने पर दो आने का भारतीय डाक स्टाम्प लगा हुआ था। बाज़ार के मक्खन जैसे रंग वाले लिफ़ाफ़े पर टमाटरी लाल और सफ़ेद रंग के कॉम्बिनेशन में अशोक की लाट गढ़ी हुई थी। लाट भी उसी मक्खन रंग की थी, जिस रंग की लिफ़ाफ़े की सतह। रैक्टैंग्यूलर आकार के लिफ़ाफ़े के कोने गोलाकार सफ़ेद बाउंडरी से रेखांकित थे। ऊपर की तरफ़ सजीले अंग्रेज़ी अक्षरों में 'टू ऐन्ना' और नीचे की तरफ़ 'इंडिया पोस्टेज' लिखा हुआ था। स्टाम्प के चौकोर आकार को बीच से घेरते हुए डाक विभाग की मुहर का अर्द्धाकार गोला अपनी फीकी काली स्याही के फैलाव से लाट के शेर के पैरों को आधा घेरे हुआ था। मुहर का पूरा गोल घेरा लिफ़ाफ़े के बाहर खिसक गया था,

और इस खिसकी हुई मुहर की छाप की निचली ओर और दायीं तरफ़ फीके अक्षरों में नैनीताल लिखा नज़र आ रहा था। शायद स्टाम्प के ऊपर मुहर मारते हुए पोस्ट मास्टर जी ने नीचे की तरफ़ ज़्यादा ज़ोर लगा दिया था, क्योंकि ऊपरी तरफ़ के कोई भी अक्षर साफ़ समझ नहीं आ रहे थे। पर इतना समझ आ गया था कि चिट्ठी नैनीताल ज़िले से सीतापुर ज़िले पहुँची थी। पहाड़ों से मैदान की तरफ़ का रास्ता तय करते हुए। थकते हुए और सुस्ताते हुए। नज़र घूमती हुई लिफ़ाफ़े के बायें कोने पर अटक गयी। जो शक रह गया था कि क्या यह चिट्ठी हरीश ने लक्ष्मी के लिए भेजी है, तो वह भी दूर हो गया। कोने के सूक्ष्माकार तिकोने पर लगभग ग़ायब होते हुए अक्षरों में टेढ़ी दिशा में तेज़ी में लिखे हुए शब्द थे–प्रेषक एच.सी. तिवारी ऊपर की लाइन में और नीचे वाली लाइन में रामनगर।

तो जनाब नैनीताल ज़िले के रामनगर में रह रहे हरीश ने अपने बड़े भाई और भाभी के साथ सीतापुर में रह रही अपनी पत्नी लक्ष्मी तक यह चिट्ठी भेजी थी। शायद अपना नाम इतने छोटे और लगभग अदृश्य होते हुए अक्षरों में इसलिए ही लिख डाला था कि बड़े भाई के संरक्षण में रह रही लक्ष्मी को और बड़े भाई को दिखाई न पड़े कि चिट्ठी उन्होंने भेजी है। दायें हाथ से पलटकर बायें घुटने के ऊपर लेटा हुआ लिफ़ाफ़ा पलटा तो दिखाई पड़ा कि चिट्ठी 4 जनवरी, 1956 को सीतापुर से चल पड़ी थी। जहाँ लिफ़ाफ़े के चार कोने आकर मिलते हैं, वहीं डाक विभाग की चिट्ठी को डिस्पैच करने के दिन की मुहर लगी हुई थी। लिफ़ाफ़े की जाँच–परखकर, उसको मैंने अपने बायें घुटने की सीध पर फ़र्श पर लिटा दिया ताकि इस पर मेरी नज़र बनी रहे। लिफ़ाफ़े के ढेर के ऊपर आधा फोल्ड किया हुआ पत्र रखा था। उसे दोनों हाथों से अनफोल्ड करके अँधेरे कमरे में पढ़ने की कोशिश करने लगी। ऊपर बायीं तरफ़ पहले रामनगर और उसके ठीक नीचे दिनांक 13.01.1956 उसी मोतीदार लेखनी में

सजी हुई थी जिससे कि लिफ़ाफ़ा। थोड़ी हिचकिचाहट और थोड़ी उत्सुकता के साथ मैंने गर्दन को खिसकाकर, आँख के कोने से पत्र की बायीं तरफ़ देखा। काली स्याही में वही सँभली हुई लेखनी ठहरी हुई थी। पत्र की पहली पंक्ति –''प्रिय लक्ष्मी''!

जैसे चिंगोटी काटने के बाद या गुदगुदी करते हुए शरीर ख़ुद ही पीछे की तरफ़ दौड़ जाता है, वैसे ही मेरे हाथों में पकड़े हुए पत्र को मैंने ख़ुद ही वापस काग़ज़ में बनी हुई लकीरों की दिशा में वापस फोल्ड कर दिया। फिर उससे भी ज़्यादा आतुरता से उसे वापस लिफ़ाफ़े के खुले हुए मुँह में वापस डाल दिया। अँधेरा काफ़ी हो चुका था इसलिए यह तो नहीं दिखाई पड़ रहा था कि लिफ़ाफ़े का मुँह खोलते समय कितना फट गया था। उँगलियाँ फेरने पर इतना तो समझ आ गया था कि हर चीज़ की तरह नानी ने इसे भी बहुत सँभालकर खोला था।

'प्रिय लक्ष्मी'! इन पहले दो शब्दों में ही मुझे इतना अटपटापन महसूस होने लगा कि बाक़ी चिट्ठी में क्या लिखा होगा, इसकी फ़िक्र मुझे छोड़कर चली गयी। लिफ़ाफ़े के सामने लिखी हुई लक्ष्मी तिवारी को लिफ़ाफ़े के कोने में गढ़े हरीश तिवारी ने शायद ही कभी 'लक्ष्मी' कहा भी होगा। चाहे क्रोध में, या फिर सामान्यतः लक्ष्मी को हरीश ने लच्छी या लछमन ज़रूर सम्बोधित किया, पर लक्ष्मी नहीं। लच्छी, तो हरीश को उसी नाम से सम्बोधित करती थी जिस नाम से घर के सारे सदस्य जो उम्र और रिश्ते में, लच्छी से छोटे थे–कक्कू। लच्छी और लक्ष्मन के बीच लक्ष्मी तो वैसे भी थी ही नहीं, पर पत्र में पहले दो शब्द वही थे।

शायद माँ नीचे से आवाज़ पहले से लगा रही थी, पर मेरे कानों में अब जाकर पड़ी। हाथ में न ही घड़ी थी और न ही मोबाइल फ़ोन तो समय का अन्दाज़ा भी नहीं लग पा रहा था। देर हो ही गयी होगी, नहीं तो माँ शायद आवाज़ न लगाती। ''हाँ, आ रही हूँ'' ज़ोर से चीख़कर मैं अपने घुटनों को सीधा करने लगी। बहुत देर बैठे–बैठे पाँव भी सो गया था। घर के

इस हिस्से की बिजली कई साल से बन्द कर रखी थी, इसलिए रोशनी का भी कोई साधन न था। डिब्बे को अपनी तरफ़ खींचकर और दोनों पैरों के बीच जगह बनाकर उसके ढक्कन को वापस उसकी जगह पर फिट कर दिया।

''ताला लगा के आना।'' माँ की आवाज़ फिर तैरते हुए ऊपर पहुँची। मैंने ''हाँ, हाँ'' दोहराते हुए फिर से ज़ोर की आवाज़ लगा दी। खड़े होने में थोड़ा ज़ोर लगा। अलमारी के दरवाज़े खुले हुए थे, उनकी कोई चाभी थी या नहीं, यह मुझे याद नहीं आ रहा था। होगी तो कल आकर बन्द कर दूँगी, सोचते हुए मैंने दरवाज़ा बन्द कर दिया और हैंडल ऊपर की तरफ़ घुमा दिया। डिब्बा बाहर ही था, जहाँ उसे कुछ देर पहले थोड़ा घसीटकर छोड़ दिया था। अँधेरे में वैसे भी न तो उसका आकार और न ही परछाईं दिखाई पड़ रही थी। इतनी देर उसके पास बैठी थी, इसलिए उसका आभास ज़रूर हो रहा था।

उसी आभास के सहारे झुककर उसके हैंडल को टटोलते हुए मैंने उसे ज़मीन से उठाकर दरवाज़े की तरफ़ रख दिया। चौखट के पास आते ही चाँदनी की मद्धम उजली रोशनी के सहारे लकड़ी के दरवाज़े की कुण्डी पर ताला मारा। सौभाग्यपूर्वक जिस चाभी से ताला खुला था, वह उसी में अटकी हुई थी और उसे ज़ोर से घुमाने भर की देर थी कि दरवाज़ा बन्द हो गया।

बचपन में मैं जब भी इस कमरे से बाहर निकलती थी ख़ासकर कि रात के समय, तो लोहार कीड़ों का डर और उपस्थिति बड़ा ही सताती थी। कमरे के बाहर सीमेंट के चौकोर टाइलों की दरारों के बीच और ट्यूबलाइट से चिपके हुए यह कीड़े शायद पहाड़ों की विशेषता है। कॉकरोच के साइज और आकार वाले कीड़ों का पूरा शरीर काला और पंख एवं सर के पीछे मणि जैसी चमक वाला हरा रंग, इन कीड़ों को बाक़ी कीड़ों से बड़ी आसानी से अलग कर देता है। जितनी आवाज़ बाहर की दीवार पर लगी ऊपर–नीचे होती हुई वोल्टेज पर जलती ट्यूबलाइट

नहीं करती थी, उससे ज़्यादा आवाज़ तो इन कीड़ों से आती थी। फुदकते भी अजीब तरह से। मुझे हमेशा ही यह उलझन रहती थी कि इन्हें भला लोहार कीड़ा बुलाते क्यों हैं? क्या इनका काला रंग लोहे जैसा काला था इसलिए या फिर ये लोहार के भारी हथौड़े की मार जैसे फुदकते थे, इसलिए? इनके डर के कारण कमरे के बाहर निकलते ही मेरी भागने की तैयारी रहती थी, ताकि दरवाज़ा कम–से–कम खुले और कीड़े न अन्दर जा पायें और न ही चिपक पायें। बिना ट्यूबलाइट वाली दीवार से सट–सटकर और फुसफुसाती हुई ट्यूबलाइट पर नज़र जमाकर बड़ी ही चिन्ता के साथ सीढ़ियाँ कूदते हुए मैं निचली मंज़िल के पहले कमरे तक पहुँच पाती थी। एक आध–दफ़ा भागते समय अगर कोई कीड़ा पाँव के नीचे आ भी जाता तो उसके पिचकते समय ऐसी कड़कड़ाती हुई आवाज़ आती कि विजय नहीं ग्लानि की अनुभूति होती।

चूँकि घर के इस हिस्से की बिजली का कनेक्शन अस्थायी रूप से कटा हुआ था, न ही ट्यूबलाइट जल रही थी और न ही कीड़े चिपक रहे थे। सोचने लगी, अभी होते तो बताती। मेरी जवानी का साहस किन्हीं कीड़ों के सामने घुटने थोड़ी ही टेक देगा। विश्वनाथ निकेतन में अकेले–अकेले समय बिताते हुए कुछ जीव–जन्तु जीवन का ऐसा हिस्सा बन गये थे कि उनकी हरकत बिना दिन अधूरा–सा लगने लगता था।

बन्दर औरतों की आवाज़ से नहीं डरते

बन्दरों की गतिविधियों के आधार पर तो पूरे अल्मोड़ा शहर ने ही अपना कार्यक्रम तय कर लिया था। कितने बजे कौन से रास्ते पर कितने बन्दर मिलेंगे का परिचय कुछ ऐसा हो चला

था कि कौन–से बन्दर मिलेंगे, कुछ लोग यह भी बता देते थे। बन्दरों और कुत्तों के बीच इलाक़ेबाज़ी की गहमागहमी भी ख़ूब करारी हो चली थी। इस लड़ाई में आते–जाते गाय भी शामिल हो जाती थी। कूड़े के ढेर के आसपास अक्सर ही कुत्ते और बन्दरों की झड़प का फ़ायदा गाय उठा लिया करती, और मस्त होकर कूड़े की जुगाली कर लिया करती। अगर बन्दर और गाय का भक्तों में पूजनीयता और आदर का दर्जा क़ायम था तो कुत्तों को भी एस.पी.सी.ए. के संरक्षक मिल गये थे, सीधे श्रीमती मेनका गाँधी के सम्पर्क वाले। अल्मोड़ा शहर में कभी सम्मान सहित तो कभी जबरन ही बन्दर, गाय, कुत्ता, दुकानदार, टीचर, जमादार और अफ़सर एक–दूसरे के अस्तित्व से जूझने लगे थे। पिछले कुछ सालों से बाघ भी अल्मोड़ावासी होने का जतन करने लगे थे। सर्दी हो या गर्मी, रात के अँधेरे में कई बार एक या दो बाघ शहर के अलग–अलग हिस्सों में चहलक़दमी करते दिखाई पड़ जाते। कभी रानीधारा में तो कभी तिलकपुर में। एक बार तो बाघ का छोटा बच्चा सीधे लाला बाज़ार और फिर जौहरी बाज़ार से होते हुए उसके आख़िर में लगी पुलिस चौकी में ही क़ैद हो गया। वन विभाग को ख़बर करने और वहाँ से किसी के आने में कभी–कभी इतना समय लग जाता कि बाघ या तो नज़र से या तो जगह से ही नदारद हो जाता। शहर के होटलों में लगे सी.सी.टी.वी. पर और कुछ हो न हो, कई बार कार पार्किंग में कार के ऊपर बैठे हुए बाघ की सी.सी.टी.वी. तस्वीर अगले दिन के अख़बार के मुख्य पृष्ठ पर ज़रूर छप जाती। और फिर बाघ तो बाघ होता है। शहर के कुत्तों, गाय–बछड़ों और न्यूनतम बकरियों पर बाघ का धावा भी हावी रहने लगा था।

इन सब व्यवस्थाओं में बन्दरों की अनदेखी जीत हो रही थी। घर के समीप जाखन देवी के मन्दिर के आँगन में एक शाम बन्दरों की शहर–फतह मैंने अपनी आँखों से देखी। जाखन देवी का मन्दिर अल्मोड़ा के मुख्य मन्दिरों में से एक है। सुबह–शाम

किसी–न–किसी कारण व्रत रखने वालों की प्रतिज्ञाएँ और प्रसाद, दफ़्तर और स्कूल आती–जाती भीड़ का प्रणाम, प्रवासी पहाड़ियों की कोई–न–कोई मन्नत, जाखन देवी की महिमा ने मन्दिर को एक छोटे–से मन्दिर से एक बड़े आँगन के इर्द–गिर्द फैला हुआ अच्छा–भला स्थल ही बना डाला था। नानी की ख़ास भांजी प्यारी हंसा जाखन देवी मन्दिर से लगी सीढ़ियों से नीचे बड़े आँगन वाले बड़े और बहुत पुराने घर में रहती है। सबसे बड़े नाना से बड़ी एक बहन भी थीं, जिनकी मृत्यु बहुत जल्द हो चली थी और उनके चार बच्चों की देखभाल उनके मायके में मामा–मामियों ने ही करी। इसलिए महेश, योगेश, मुन्नी और हंसा का अपने मामा–मामियों से विशेष प्रेम है और लच्छी से बहुत ज़्यादा।

अल्मोड़ा में रहते हुए हंसा मौसी का घर मेरे लिए दूसरा घर बन गया। आये दिन, दिनभर का काम निपटाकर शाम के समय मैं विश्वनाथ निकेतन से निकलकर जाखन देवी मन्दिर से लगी सीढ़ियाँ उतरकर हंसा मौसी के आँगन या किचन में पहुँच जाती। अगर विश्वनाथ निकेतन और उसके बाशिन्दों ने उस घर को हवा, पानी और ईश्वर के सहारे छोड़ दिया था तो हंसा मौसी और उनके परिवार वालों ने अपने उससे भी पुराने घर को अपने घुटने, कोहनी और ऐड़ी के बल पर उठाये रखा था। जहाँ विश्वनाथ निकेतन में पत्थर और मिट्टी के ढाँचे के ऊपर सीमेंट की सतह अटपटी तरह से बिछी हुई थी, वहीं हंसा मौसी वाले घर के फ़र्श की मिट्टी अभी भी लीपी जाती है। जहाँ विश्वनाथ निकेतन के हरे खिड़की–दरवाज़ों ने कभी नमी तो कभी बन्दरों के असर से दम ही तोड़ दिया था तो वहीं हंसा मौसी के बड़े आँगन वाले बड़े घर के खिड़की–दरवाज़ों में आज भी कुमाऊँनी काष्ठकारी की रौनक उजली है। हंसा मौसी और मोहन मौसा ने जिस तरह अपने घर की महिमा को बनाये रखा था, इस आभास में जितना सुकून था, उतना ही ख़ून–पसीना भी। कई बार सुबह की चाय पीते हुए किचन के सामने वाली बालकनी पर टहलते

समय मेरी नज़र हंसा मौसी के घर की छत पर अटक जाती। वहाँ क़रीब–क़रीब चौरासी वर्षीय मोहन मौसा छत के पत्थर उनकी जगह पर खिसका रहे होते थे और बीच–बीच में शरारती बन्दरों को गुलेल से मारकर भगा रहे होते।

किसी गर्मी की शाम मैं जाखन देवी मन्दिर से लगी सीढ़ियों से उतर ही रही थी कि मेरे कानों में बहुत तेज़ भौंकने की आवाज़ आ पड़ी। नज़र घुमाकर देखा तो जाखन देवी मन्दिर के आँगन की दहलीज़ पर एक काले रंग का कुत्ता सामने पड़े पत्थर पर बैठे एक जवान बन्दर की तरफ़ मुँह करके बैठा हुआ था। शाम का समय था इसलिए श्रद्धालुओं की तरफ़ से नया–नया प्रसाद चढ़ा था, और बन्दर उसी की ताक में था। पर जितनी बार बन्दर प्रसाद तक पहुँचने की कोशिश कर रहा था, उतनी ही बार दहलीज़ पर बैठा कुत्ता भौंक–भौंककर बन्दर को डरा रहा था। नतीजतन हर दो मिनट बाद कुत्ते की भौंकने की आवाज़ गूँजती और बन्दर खिसकता हुआ दिखाई पड़ता। पर देखते–ही–देखते दृश्य पलट गया। एक आख़िरी बार कुत्ते को भौंकते हुए सुन बन्दर का सब्र और विनम्रता दोनों ही टूट गये। फुर्ती से बढ़ते हुए बन्दर ने काले कुत्ते के पास जाकर अपने बायें हाथ से जब कुत्ते के सिर पर वार किया तो मेरा मुँह खुला–का–खुला ही रह गया। मन्दिर के आँगन और प्रसाद पर सामान्य अधिकार की लड़ाई इतनी गम्भीर हो सकती थी, इस पर मुझे काफ़ी आश्चर्य हुआ। आँगन में बैठी महिलाओं की भी हँसी छूट पड़ी। शायद अगले दिन मन्दिर की देवी और बन्दर रूपी हनुमान के रिश्ते के बारे में कोई कथा–कहानी भी निकल पड़ी होगी। बन्दर के द्वारा कुत्ते को थप्पड़ मारते हुए मैंने पहली और शायद आख़िरी बार ही देखा।

विश्वनाथ निकेतन की टूटी हुई छत और आँगन में तो वैसे भी बन्दरों ने घर कर ही लिया था। बन्दरों ने बड़े नाना के कमरे के ऊपर रखी पानी की टंकी का मुँह खोलकर उसे अपना निजी

स्नानघर बना लिया था। मँझले नाना के कमरे के बाहर वाली लम्बी बालकनी उनका खेल का मैदान बन चुका था। 8–10 सालों तक घर में न कोई आया न गया तो बन्दरों ने जायज़ तरीक़े से अपना आधिपत्य जमा लिया। मेरे वहाँ रहने से पहले कुछ महीने सबसे छोटे नाना (जिनको सब प्यार से भव्वा बुलाते थे) और उनकी पत्नी मंजू के रहने के दौरान भी बन्दरों ने अपनी हरकतें नहीं छोड़ीं। तार पर टँगे तौलिये से खेलते तो सूखने के लिए टँगे दुपट्टे से सिर ढँककर नौटंकी करते। बन्दर पूरी तरह से शहरी और मौजी हो चले थे। छोटे नाना–नानी के जाने के बाद जब मैंने अकेले रहना शुरू किया, तब भी उन्हें यह समझने में काफ़ी समय लग गया कि इस घर में फ़िलहाल सिर्फ़ वही नहीं भटकते हैं।

थोड़ा समय मिलने की वजह से और थोड़ा आसपास के घरों की देखा–देखी, मैंने भी बागवानी करने की ठान ली थी। बाग तो था नहीं, इसलिए लम्बी वाली बालकनी में गमले लगाकर उन्हीं से मन भरने की कोशिश शुरू कर दी। गर्मी की उजली सुबह के किसी दिन की बात है। बालकनी के तार पर तौलिया सुखाने के लिए टाँगा ही था कि याद आया कि गमलों में दो दिन से पानी ही नहीं डाला है। घर के मुख्य दरवाज़े की ओर, और बालकनी के एक छोर की तरफ़ दो नल लगे हुए थे, जिनमें से एक में सुबह के समय डायरेक्ट पानी आ रहा था। गमले के पास पड़े प्लास्टिक के हलके हरे रंग के मग को उठाकर मैं उस तरफ़ पानी भरने के लिए चल पड़ी। बालकनी की ओर खुलते हुए कमरे के दरवाज़े के बाहर टँगे तौलिये और नल के जोड़ के पास रखी बाल्टी का फ़ासला ज़्यादा से ज़्यादा दो फ़ीट का होगा। झुककर बाल्टी से पानी निकालकर जैसे ही मैं तौलिये के पास रखे गमले की ओर बढ़ी, वैसे ही छत की टिन पर भड़भड़ाते और खड़खड़ाते हुए पैरों की आवाज़ होने लगी। मेरे समझने से पहले ही बन्दरों का एक छोटा–सा गुट आ पहुँचा। इस घर की बालकनी में और बगल वाली इमारत

की छत पर वह गुट बिखर गया। पलक झपकते ही उस गुट का सरगना एक मोटा अधेड़ बन्दर बालकनी की तरफ़ खुले हुए कमरे के दरवाज़े के कपाट खोलकर सीधे घर के अन्दर चला गया। मेरे सामने खड़े बाक़ी छोटे बन्दरों ने थोड़ी देर उसको भीतर जाते हुए देखा और फिर अनमने से बालकनी की रेलिंग और तंग खम्भे के सहारे छत पर छलाँग मार चले गये।

मेरे हाथ में पानी भरा हुआ मग जैसा का तैसा ही सँभला रहा। घर के अन्दर एक बन्दर था और मैं बाहर। दबे पाँव कमरे के बाहर खड़े होकर भीतर झाँका, तो बन्दर कहीं भी नज़र नहीं आया। नानाजी की लाठी दरवाज़े की ओट के पीछे ही खड़ी रहती थी ताकि कमरे के अन्दर से ही लाठी ज़मीन पर ठोंकने से बाहर फुदक रहे बन्दरों को इन्सानी आगमन का आभास हो सके। जितनी फुर्ती से हो सके, इतनी फुर्ती से मैंने दरवाज़े के पीछे से छड़ी निकाली और वापस बालकनी में दोनों पाँव जमाकर लाठी को फ़र्श पर ठोंक–ठोंककर हुर्र–हुर्र की आवाज़ करने लगी। शोर मचाने के अलावा बन्दर को भगाने के लिए मेरे पास और कोई स्ट्रैटेजी थी भी नहीं। बन्दर कौन–से कमरे या कोने तक पहुँच गया था, इसका भी मुझे कोई अन्दाज़ा नहीं था और घर के अन्दर जाकर बन्दर का सामना करने की हिम्मत भी नहीं।

इसलिए मैंने लाठी को और ज़ोर से ठोंकना शुरू किया और साथ–ही–साथ ज़ोर से चीखना भी। शायद फ़र्श पर लाठी ठोंकते–ठोंकते थोड़ी मिट्टी–चूना झड़ गया होगा या फिर मेरे चीख़ने–चिल्लाने का शोर नीचे तक पहुँच गया होगा। थोड़ी ही देर में खुले हुए मुख्य दरवाज़े से गोपू नाना की भारी आवाज़ सुनाई पड़ी। हल्ला सुनकर वह ख़ुद भी एक लाठी लेकर ऊपर की तरफ़ आ गये। दरवाज़ा खोलकर जब वह अन्दर आये तो उनकी तैयारी पूरी थी। नीचे वाले आँगन में सुबह सिगरेट फूँकते–फूँकते और अख़बार पढ़ते समय वह अक्सर बन्दरों को

आँगन से दूर रखने का मोर्चा सँभाले रखते। अरे "चेली"[1] कहते हुए और अपने बहुत मोटे से चश्मे के पीछे से झाँकते हुए सीधे कमरे के खुले हुए दरवाज़े पर पहुँच गये। उन्होंने ज़ोर से पहले लाठी ठोंकी और फिर ''हो SSS' की लम्बी आवाज़ भरी। शायद मेरी इतनी देर की मशक़्क़त थी या फिर वाक़ई में गोपू नाना की बन्दर भगाओ कुशलता, जितनी फुर्ती से मैंने बन्दर को अन्दर की तरफ़ भागते हुए देखा था, उतनी ही फुर्ती से उसे बाहर की तरफ़ भागते हुए भी देखा। फ़र्क़ सिर्फ़ इतना ही था कि खाली हाथ आये बन्दर ने मुँह में एक बड़ा सेब जकड़ा हुआ था। बन्दर को बाहर की तरफ़ दौड़ते हुए देखकर मैं और गोपू नाना दोनों ही दो–दो क़दम पीछे होकर खड़े हो गये। फिर जैसे कोई रोज़मर्रा की बात हो या फिर सामान्य ज्ञान का विषय, गोपू नाना ने मुझे बतलाया, और शायद साथ–ही–साथ जताया भी। ''चेली, ऐसा है न कि बन्दर औरतों की आवाज़ से नहीं डरते।'' इससे पहले कि इस बात का मैं तथ्यावलोकन करती या फिर उसे नकारती, गोपू नाना लाठी ठोंकते हुए वापस नीचे की ओर चल पड़े।

बन्दरों के सेक्सिज़्म के सच को बाद में उजागर करने का निश्चय करते हुए मैं कमरों का निरीक्षण करने के लिए अन्दर चल पड़ी। बिस्तर की चादर पर दौड़ते हुए बन्दर से पड़ी सिलवटें काफ़ी साफ़ थीं। कमरा लाँघकर बड़े कमरे में सजे मन्दिर में ही बन्दर को अपना माल मिला था। शायद कहीं से मिले हुए प्रसाद को मैंने मन्दिर में लाकर रख दिया होगा। उसी प्रसाद का सेब बन्दर ने अपने दाँतों के बीच दबोचकर अपना दिन सफल बनाया। उस दिनभर मैंने जिस किसी को यह क़िस्सा बतलाया तो मुझे ज़्यादातर दो प्रकार की प्रतिक्रियाएँ मिली–या तो इससे भी रोचक सुना–सुनाया बन्दर से आमने–सामने का क़िस्सा या फिर यह कि मैं कितनी सौभाग्यशाली हूँ कि

---

1. कुमाऊँनी में 'चेली' का अर्थ बेटी होता है।

मंगलवार के दिन बन्दर स्वयं आकर मन्दिर में रखे प्रसाद को लेकर चला गया। गोया बन्दर तो अल्मोड़ा के जीवन का ऐसा अंग बन चुके थे जैसे हमारे जीवन में 24x7 टी.वी. चैनल। आये दिन ज़िलाधिकारी के दफ़्तर में अर्ज़ी, स्कूली बच्चों के द्वारा हाईकोर्ट को पोस्टकार्ड या फिर शहरी सभाओं में आवेदन। बन्दर अल्मोड़ा के राजनीतिक और सामाजिक जीवन पर हावी हो चले थे।

चौखट से छत तक जाती हैं दीवारें

कुत्ते, गाय, बन्दर के बारे में सोचते–सोचते मैं कब सीढ़ियाँ उतरकर पिछले वाले कमरे से सामने वाले कमरे में आ गयी, पता ही नहीं चला। दोनों हाथों से लिपटा हुआ वैनिटी बॉक्स मेरे सीने और हाथों के बीच अटका हुआ था और उसकी हलकी–सी धूल मेरे कुर्ते पर भी झड़ गयी थी। मँझले नाना के कमरे में ही नानी टिकी हुई थी। जब माँ और नानी नहीं थे, तब मैं ही उस कमरे में सो रही थी। उस कमरे में बालकनी की तरफ़ खुलता हुए दरवाज़ा जहाँ से बन्दर अन्दर आया था, उसके बगल में ही खिड़की से लगा हुआ एक विशालकाय बक्सा खड़ा रहता था। इतना बड़ा कि उसके ऊपर बिछी हुई दरी के ऊपर किसी छोटे बच्चे का बिस्तर ही लग जाये। अन्य बक्सों की तरह इस बक्से के रहनुमा का ज्ञान बक्से को आख़िरी बार ताला लगाने वाले को ही हो सकता था। फ़िलहाल इस बक्से के ऊपर की जगह नानी के अनेक छोटे–मोटे समान से घिरी हुई थी। एक छोटा झोला, एक उससे बड़ा झोला, सोते समय वाली धोती, बाथरूम जाने वाली धोती, पढने के लिए नॉवेल और सुबह का अख़बार। मैंने वह हरे रंग का वैनिटी बॉक्स उसके समकालीन लोहे के काले बक्से के ऊपर रख दिया।

नानी बक्से के तिरछी ओर पड़े बिस्तर पर अपने घुटने ऊपर की तरफ़ मोड़कर बैठी हुई थी और कुछ पढ़ रही थी। भले ही मैंने कमरे के अन्दर आते समय नानी की तरफ़ नज़र नहीं डाली थी, नानी ने अवश्य डाली होगी। भले ही कमरे के भीतर आते समय मैंने कम–से–कम आवाज़ की हो, नानी का ध्यान भटकाने के लिए उतनी हलचल भी काफ़ी थी। शायद अपनी आँख के कोने से मेरी आँख के कोने तक नानी ने झाँक लिया होगा।

बड़े बक्से पर रखे छोटे बक्से को मैं थोड़ी देर निहारती रही। जो कमरा इतने दिनों से मुझे काफ़ी बड़ा लगता था, वह छोटा लगने लगा। झड़ती चूने वाली नीली दीवारें मुझे घेरने लगीं। तिरछी ढलती हुई छत वाले पहाड़ी घरों की तरह इस घर की छत भी बहुत ऊँची थी। बाहरी तरफ़ से लाल टिन की छत अन्दर की तरफ़ से नमी से फूलते हुए मोटी लकड़ी के तनों पर टिकी हुई थी। कमरे के बालकनी की ओर खुलने वाले दरवाज़े के ऊपर, बायीं तरफ़ नाना के ईजा–बाबू की एक पुरानी ब्लैक एंड व्हाइट तस्वीर एक उतने ही पुराने लकड़ी के फ्रेम के अन्दर टँगी हुई थी। बाबू श्री मदन मोहन तिवारी के चेहरे पर उनकी भौंहों के बीचोंबीच एक काला तिल था, एक टीके की तरह। सर पर तिरछी पहाड़ी टोपी थी और बदन पर गलाबन्द कुर्ता। ईज़ा श्रीमती मोहिनी तिवारी के सिर पर उनके माथे से एक अंगुल सीधे तक का पल्ला लगा हुआ था। धोती या तो बहुत ही साधारण थी या फिर ब्लैक एंड व्हाइट तस्वीर में कंट्रास्ट में वैसी लग रही थी। दरवाज़े के सीधे ऊपर मँझले नाना ललित मोहन तिवारी की पुलिस की वर्दी में काफ़ी शानदार फ़ोटो टँगी थी। उनके चेहरे पर एक दबी हुई मुस्कान भी झलक रही थी।

नाना के ईज़ा–बाबू और मँझले नाना की टँगी हुई तस्वीरों के बीच दीवार का फ़ासला बहुत ज़्यादा न था। दोनों तस्वीरों के दीवार पर टँगे रहने से, उनके पीछे की दीवार पर बनी बेरंगी

परछाई समय के साथ बोझिल हो गयी थी। इस दीवार के सामने वाली दीवार पर ड्रेसिंग टेबल के ऊपर कमरे की सबसे बड़ी तस्वीर टँगी हुई थी। ऑयल पेंट से बनी हुई रंगीन तस्वीर। लम्बे–काले सफ़ेद बालों के बीच एक उजला चेहरा और उतने ही लम्बे चेहरे से लटकती काली और सफ़ेद दाढ़ी। छोटे नाना के अल्मोड़ा रहने के दौरान, उन्हीं से पता चला कि यह तस्वीर एक स्वामीजी की है। एक जोगी बाबा जो उनके ईज़ा–बाबू के रहते हुए अक्सर ही घर में आया करते थे। नाम में कहीं नारायण था, इतना सबको पता था पर उसके आगे–पीछे कुछ नहीं। ज्योतिष थे और वो भी काफ़ी पक्के। ग्रहों की गणित के लम्बे–चौड़े जोड़–घटाव कर लिया करते थे और उन्हीं के आधार पर भविष्यवाणी भी। कमरे में रखे बिस्तर के ऊपर बायीं तरफ़, जिस दीवार पर ईज़ा–बाबू और मँझले नाना की तस्वीर टँगी थी, उसकी पड़ोस की दीवार पर बायीं तरफ़ उनकी पत्नी श्रीमती रुक्मिणी देवी की तस्वीर टँगी थी। जहाँ बाक़ी तस्वीरें अपने फीके और उड़ते हुए रंगों से परिचित हो चुकी थीं, वहीं यह तस्वीर ज़्यादा साल पुरानी नहीं थी। भले ही यह तस्वीर किसी स्टूडियो में नहीं, घर पर खींची हुई थी, स्टूडियो फ़ोटोबाज़ी जैसे चटक रंगों के कॉन्ट्रास्ट के कारण उसे बहुत देर तक देखना मुश्किल था। बड़ी नानी अपनी शादी की पचासवीं सालगिरह के जश्न की साड़ी में सजी हुई थी, माला सहित। अक्सर ही घरवाले कहते थे, "फ़ोटो में ही माला पहनी हुई है, ऊपर से माला पहनाने की ज़रूरत भी ख़ुद ही पूरी कर दी।"

इन सब तस्वीरों से घिरे हुए, इस कमरे में मैं अकेले ही सोती थी। थोड़ी देर तक नज़र एक तस्वीर से दूसरी तस्वीर पर घूमती रहती। नज़र एक पूरा चक्कर करके ही सोने के लिए तैयार हो पाती थी। चूँकि इन ऊँची दीवारों पर सारी तस्वीरें इतनी ऊँची लगी हुई थीं, इसलिए यह ज़रूरी था कि उनके ऊपरी फ्रेम को थोड़ा नीचे की तरफ़ झुकाकर टाँगा जाये। अगर मेरी नज़रें किसी

दिन पूरा चक्कर नहीं भी लगा पाती थीं, इन तस्वीरों की नज़रें फिर भी नीचे की तरफ़ देखती रहती थी। तस्वीरों से घिरी हुई नानी की नज़र मुझ पर पड़ी हो या नहीं, इन तस्वीरों की नज़र मुझ पर और नानी पर, दोनों पर ही टिकी हुई थी। और शायद हरे डिब्बे पर भी।

रात का भोजन, पानी, गप्पें इत्यादि पूरा करके हम अपने–अपने बिस्तरों की तरफ़ चल पड़े। माँ और नानी की उपस्थिति में मैं पूजा के कमरे से लगे हुए कमरे में रात की नींद पूरी करती थी। यह कमरा मीना मौसी के कमरे से जाना जाता था। मीना मौसी का कमरा बनने से पहले वह कमरा एक स्टोर रूम था और उससे पहले शायद कुछ और। पर कई सालों से उस कमरे की पहचान मीना मौसी से ही होती थी। मँझले नाना की सबसे बड़ी बेटी और जगत की दिद्दी मीना मौसी ने अपना ज़्यादातर समय या तो जाखन देवी की सफ़ाई और देख–रेख में काटा था या फिर एस.एस.बी. स्कूल की प्रिंसिपलगिरी में। सफ़ाईपसन्द मीना मौसी के लिए 'पसन्द' शब्द शायद उपयुक्त नहीं है। उन्हें सफ़ाई करने और रखने का फ़ितूर था। घूमने जाती तो अपने लिए कम और घर के लिए ज़्यादा कपड़े ख़रीदती। बीसियों चादरें, दसियों मेज़पोश, दर्जनों कुशन कवर। कई साल बाद जब मैंने घर की हालत सुधारने में अपना हाथ आजमाया तो और कुछ हो न हो, चादरों और रज़ाई कवरों की कमी कभी भी नहीं खली।

यह कमरा अब काफ़ी उखड़ गया था। कमरे के पीछे छोटे कमरे की छत काफ़ी टूट चुकी थी और वहाँ अक्सर ही पानी भर जाता था। नतीजतन उस कमरे से लगी हुई इस कमरे की दीवार पानी पी–पी के अब झड़ने लगी थी। झड़ते–झड़ते अब पानी भी चूने लगा था। रात के अँधेरे और सन्नाटे में जब मैं रजाइयों के बीच दबी हुई लेटी होती, तो पीछे वाले कमरे की छत से पानी की बूँद की लगातार अन्तराल पर टपकने की आवाज़ आया

करती। अगर मीना मौसी के कमरे में पानी के चूने की आवाज़ मेरी रात की नींद की साथी बन गयी थी, तो बड़े वाले कमरे में एक उससे भी अनोखी हक़ीक़त।

इस कमरे में पुरानी होती लकड़ी का बीम और उड़ते हुए रंग की टिन वाली छत के बीच में थोड़ी जगह छूटी थी, जैसे कि लकड़ी और टिन की छतों में छूटती है। अक्सर ही कमरे की बत्ती बन्द करते और आँख झपकते ही अचानक छत की तरफ़ से ऐसा शोर आता था जैसे कि कोई छोटा बच्चा गिर–गिरकर चल रहा हो। बत्ती जलाती तो अचानक ही आवाज़ ग़ायब भी हो जाती और बत्ती बुझाते ही फिर परेशान करना शुरू कर देती। पहले कुछ दिन तो हार मानकर सो गयी। पर भले ही कान से खड़खडाहट की आवाज़ चली गयी हो, दिमाग़ से नहीं गयी। एक रात तय कर लिया कि गुत्थी सुलझाकर ही रहूँगी। पर भला छत की तरफ़ पहुँचूँ और देखूँ तो कैसे? इसी सोच में, अँधेरे में बिस्तर पर बैठी हुई थी कि छत की तरफ़ से नहीं, खिड़की की तरफ़ से अजीब–सी आवाज़ आने लगी। गर्दन घुमाकर देखा तो खिड़की की ओर जहाँ दो दीवारें कोने में मिलती हैं, वहाँ क्षणभर के लिए कोई हरकत हुई और फिर ग़ायब। बिस्तर से उठने का कष्ट किया और थोड़ा नजदीक पहुँची तो दीवार के कोने में हुए भारी–भरकम छेद पर नज़र पड़ी। छेद क्या कहना, ऐसा जान पड़ रहा था कि जैसे किसी बड़ी गुफा के खुलने से पहले उसका छोटा दरवाज़ा हो। जितनी अचानक से कुछ क्षण पहले हरकत आयी–गयी थी, उतनी ही अचानक से एक चूहे ने अपना मुँह गुफा से बाहर निकाला और शायद मेरा मुँह देखते ही अन्दर भी कर लिया। मैंने आश्चर्य से अपना मुँह जैसे ही खोला, वैसे ही गुत्थी का ताला भी खुल गया।

अगर छोड़े हुए घर की छत और बालकनी पर बन्दरों ने अपना अधिकार तय कर लिया था, तो दीवारों और छतों के भीतर चूहों ने। कोने छोड़ते हुए फ़र्श और दीवारों में गहराते हुए

छेदों ने चूहों के लिए यह काम और भी आसान कर दिया था। छूटे–बिखरे–सड़ते सामान के टुकड़े, छेदों से दीवारों और छतों के बीच ढो–ढोकर चूहों ने अपनी सम्पन्नता स्थापित कर ली थी और एकाधिकार भी।

उस रात भले ही मैं मीना मौसी के कमरे में चूहों की खड़खड़ाहट से मुक्त थी, इस कमरे की उमस मुझे सोने नहीं दे रही थी। मीना मौसी द्वारा एकत्रित अनगिनत चादरों में से एक हलके रंग वाली नर्म चादर पर मैं पेट के बल लेटी रही, अपना चेहरा अपनी हथेलियों में सँभाले हुए। चूती हुई कमरे वाली दीवार से लगी हुई इस कमरे की दीवार पर एक खिड़की थी, जो हमेशा बन्द रहती थी। खिड़की से अब वो एक शेल्फ़ बन चुकी थी, जहाँ मेरी कुछ किताबें, एक सोलर लाइट, पुराने कैलेंडर वग़ैरह पड़े रहते थे। स्टोर में खोजबीन करते समय मुझे नाना का पुराना रेडियो मिल गया था, जो अब इस शेल्फ़नुमा खिड़की की शोभा बढ़ा रहा था। भले ही दीवारें झड़ और टपक रही थीं, यह रेडियो बड़े ही शोभामय तरीक़े से अपनी जगह पर बैठा हुआ था। लकड़ी के खाँचे में फिट हुआ पुराना एच.एम.वी. का रेडियो जिसमें रेडियो स्टेशन की फ्रीक्वेंसी काँच के पैनल पर सफ़ेद नम्बरों में सजी हुई थी। नाना की बाक़ी चीज़ों की तरह यह भी इतना सँभालकर रखा हुआ था कि उसकी उम्र का अन्दाज़ा लगा पाना मुश्किल था।

रेडियो के लकड़ी के फ्रेम को देख–देखकर मुझे सुबह मिले हरे डब्बे की याद आ रही थी और उसके अन्दर रखे पत्रों की भी। दिमाग़ दौड़ने लगा। क्या नानाजी रेडियो में समाचार या कोई और कार्यक्रम सुनते–सुनते वह चिट्ठियाँ लिखते होंगे? दिन के किस समय लिखते होंगे? हफ़्ते में कितनी बार? पीले बल्ब की तेज़ गर्म रोशनी में नानाजी का सफ़ेद बालों से घिरा सर काग़ज़ पर झुका हुआ–सा दिखने लगा। आँखों के सामने उन कई लिफ़ाफ़ों पर जड़ी नाना की लेखनी फिर दिखाई देने लगी

पर उसके अन्दर का सामान नहीं। पर तब थोड़ी ही नाना का सिर इतना सफ़ेद रहा होगा? और क्या हर जगह उन्हें बिजली आराम से उपलब्ध हो जाती होगी? यह तो तय था कि आज रात मेरी नींद भी उन चूहों की तरह रात भर भागती रहेगी।

चिट्ठियों भरा डिब्बा मिलने पर मैं नानी के चेहरे के भाव को जान नहीं पायी थी। शायद असमंजस में थी? या फिर उत्सुकता में, कभी–कभी यह समझ नहीं आता है कि भावनाओं को व्यक्त करने वाले शब्द एक बार में एक ही भावना को क्यों दर्शा पाते हैं; एक साथ कई क्यों नहीं? ज़्यादातर भावनाएँ और प्रतिक्रियाएँ गिनती करके तो हाव–भाव में नहीं उतरती, एक साथ ही आती हैं, तो फिर भला ऐसे शब्द क्यों नहीं? जितने असमंजस में मैं थी, क्या पता उससे ज़्यादा उलझन में नानी हो? आख़िर नानी को पता था कि उन चिट्ठियों में है क्या? पर क्या पता कि नानी को वह कितनी याद है और कितनी नहीं? याददाश्त के मामले में नानी थोड़ी कमज़ोर थी, उम्र की वजह से नहीं, हमेशा से ही। क्या पता नानी को इस बात की उलझन हो कि उसे याद ही नहीं था कि ये किस बारे में हैं?

ऐसा लग रहा था कि मेरे, माँ और नानी के अलावा उस रात उस घर में एक और शख़्स था। चिट्ठियों से भरा वह हरा डिब्बा। उस डिब्बे में दो और शख़्स क़ैद थे, रेडियो सुनते हुए चिट्ठी लिखते हुए श्रीमान् हरीश और उन्हें पढ़ती हुई श्रीमती लक्ष्मी। मैंने पलटकर दीवार पर अपने पाँव टेके और उन्हें ऊपर–नीचे करते हुए मैं इस उम्मीद में जगी रही कि सोच–सोचकर थक जाऊँगी और सो जाऊँगी। आख़िरकार समय पर और ढंग से न सो पाने की धरोहर मैंने नानाजी से ही पायी थी। बहुत देर तक पाँव दीवार पर घसीटते–घसीटते भी बोरियत से मन नहीं भरा। उल्टा दीवार का नीला चूना पाँव पर चिपकने लगा और थोड़ा झड़ने भी लगा। मैंने पाँव ज़मीन की तरफ़ घुमाये और चप्पल पहनकर दूसरे कमरे की तरफ़ चल पड़ी।

बहुत से कमरों वाले घर के मुख्यतः तीन कमरों के बीच घूमते–घूमते उनके कोने, फ़र्श की दरारों, दहलीज़ का उठान, दरी की सतह, कुर्सी की नोंक, इन सबसे मेरा अन्तरंगी परिचय हो चला था। उस रात के अँधेरे में भी उजाले की ज़रूरत न जान पड़ी। भले ही अँधेरे में दिखाई नहीं पड़ रहा था पर दरवाज़े के नीचे, देहली पर बने लाल और सफ़ेद रंग के ऐपण की छवि मेरी आँखों के साथ–साथ चल रही थी। नानी की सबसे छोटी देवरानी मंजू नानी ने कुछ महीने पहले ही, घर की मुख्य देहलियों पर लाल और सफ़ेद पेंट के साथ मेहनतकश कलाकारी करते हुए भिन्न–भिन्न आकार के ऐपण सजाये थे। मंजू नानी जैसी श्रमिक महिला भले ही मध्यमवर्गीय परिवारों की रीढ़ हो, किन्तु आभिजात्य कुमाऊँनी समाज की वेदना केवल उनके कठिन जीवन की कड़वाहट को ही पहचान पाती है। मन्जू नानी ने अपनी बेचारगी को कभी भी अपनी पहचान नहीं बनाया और इसका पूरा श्रेय केवल उन्हीं को जाता है। जितनी कठिन परिस्थितियों में बचपन बीता उससे भी कठिन परिस्थितियों में उनका बुढ़ापा। पर इस सबके बीच भी उनकी दृढ़ता इतनी क़ायम थी कि अल्मोड़ा आकर न ही केवल विश्वनाथ निकेतन की गृहस्थी का पुनः संचालन किया बल्कि देहली पर ऐपण की सजावट भी कर डाली। मैं जितनी बार घर की कोई भी ऐपण से सजी हुई देहली लाँघती थी, उतनी बार मंजू नानी के श्रम की याद आ जाती थी।

पूजा वाले कमरे को पार करके मैं सीधे उसी कमरे में जा पहुँची जहाँ माँ और नानी सो रहे थे, और दहलीज़ पर आकर खड़ी हो गयी। कमरे में पड़ा बिस्तर काफ़ी पुराना हो चुका था। जितनी बार नानी करवट बदल रही थी, उतनी बार चारपाई के बायीं तरफ़ के आगे वाले पाये की चरमराने की आवाज़ आ रही थी। माँ और नानी का सिर बिस्तर की उलटी तरफ़ था। नानी के सिर की सीध पर बड़ा वाला बक्सा खड़ा था, जिसके ऊपर हरा वैनिटी बॉक्स रखा हुआ था।

कमरे की देहली पर खड़े हुए ही मैंने अँधेरे भरे कमरे का मुआयना कर डाला। जैसे कि कोई चोरी करने जा रही हूँ। ख़ुद–ब–ख़ुद ही कमरे के अन्दर बढ़ने लगी और बक्से के सामने जाकर खड़ी हो गयी। कुछ ऐसे कि नानी के सिर की तिरछी ओर खड़ी हुई थी। सोते समय नानी अपने कम क़द से और भी कम लग रही थी। आँखें और हाथ फिर डिब्बे की तरफ़ बढ़े, और जितनी नज़ाकत से हो सकता था, उतनी नज़ाकत से डिब्बा खोला। चिट्ठियों का पहाड़ थोड़ा और बिखर गया था। न जाने कितनी बार ये ऊपर नीचे हुई होंगी? शायद यह भी हो सकता है कि न जाने कितने सालों से अलमारी के कोने में पड़े हुए यह टस–से–मस भी नहीं हुई हों? गले में सूखापन लाने वाली अजीब–सी ग्लानि–सी होने लगी। शायद मैंने डिब्बे का घर बदल दिया था और चिट्ठियों का मोहल्ला। अँधेरा होते हुए भी चिट्ठी के हलके रंग और उजलेपन की वजह से वह मुझे दीख पड़ रही थी।

शायद अँधेरा कमरा या फिर मेरे मन में गहराता हुआ द्वन्द्व, किसी वजह से मैंने किसी भी चिट्ठी को फिर से नहीं उठाया। गर्दन घुमाकर देखा तो माँ और नानी तल्लीनता से सो रहे थे। नानी के मुँह से थोड़ी–थोड़ी देर में हवा बर्र–बर्र करके बाहर निकल रही थी और कमरे में रखी घड़ी के साथ ताल मिला रही थी। इस बर्र–बर्र की आवाज़ से ढँककर मैंने वैनिटी बॉक्स का ढक्कन बन्द किया और वापस अपने कमरे की तरफ़ बढ़ चली।

अल्मोड़ियत

नींद आँखों में हो तो भी विश्वनाथ निकेतन में सोना इतना आसान कहाँ था? अगर किसी रात मैं निचली मंज़िल पर गोपू नाना के कमरे से आ रही टी.वी. की आवाज़ की लय सुनते–सुनते या तो सो पाती थी या नहीं, तो कई सुबह मैं छत पर कूदते बन्दरों के शोर को या तो नकार करके फिर से सो पाती थी या नहीं। सर्दी की रातों में सोते–सोते ही काफ़ी समय लग जाता था। पहले तो सोने की तैयारी के लिए कान, सिर, पाँव ढकने लायक सामग्री चाहिए होती थी। नानी के कहने पर नानाजी द्वारा पिथौरागढ़ से लाया हुआ थुलमा बिछाकर मैं उसी के मोटे पर नरम भेड़ के ऊन के ऊपर सोती थी। भेड़ की ऊन से बुना हुआ थुलमा, तिब्बती और भोटिया लोगों की रज़ाई जैसा है। जिन दिनों नानाजी की नियुक्ति पिथौरागढ़ में थी, उन दिनों से सँभालकर रखा हुआ था यह थुलमा। शायद नाना–नानी वाली पीढ़ी की अलग ही बात थी या फिर स्वयं नाना–नानी की विशेषता, पुरानी चीज़ें ख़ूब सँभालकर रखी रहती थीं और मिलने पर नयी जैसी लगती। इतनी सँभाली हुई कि केवल सूरत से उनकी उम्र का अन्दाज़ा लगाना मुश्किल हो जाये। भले ही वह ऊन का थुलमा हो या नानी की अनगिनत साड़ियाँ, नानाजी की डायरियाँ या फिर उनकी पुरानी टोपियाँ। हर साल वे उसी साल जैसी लगतीं।

अल्मोड़ा के धरातल पर विश्वनाथ निकेतन जैसे कई घर पड़े हुए थे, जिनकी पहचान तो हो सकती थी पर ज़िम्मेदारी की नियुक्ति नहीं। जितनी आतुरता से लोग–बाग इन ढाँचों से निकलकर उन्हें अल्मोड़ा के लिए छोड़ दे रहे थे, उतनी ही आतुरता से अल्मोड़ा के नये नुमाइन्दे उनको अपना कर रहे थे। चाहे वो शेख़ी बघारने वाले बन्दर हों, छिप–छिपाकर गदर करने वाले चूहे या फिर सोची–समझी साज़िश करने वाली बरैया/ततैया। वैसे भी चाँद राजाओं ने चम्पावत छोड़कर कुछ 600 साल पहले अल्मोड़ा को कुमाऊँ की राजधानी क़रार किया था। वो अपने साथ–साथ चम्पावत के गली–मोहल्ले भी अल्मोड़ा ले आये थे। जगहें तो बनती–बिगड़ती ही रहती हैं और अल्मोड़ा नये तरीक़ों से बन भी रहा था और बिगड़ भी।

उत्तराखण्ड के राजनीतिक जीवन में जितनी उथल–पुथल उसकी स्थापना के 20 सालों में हो चुकी है, उतनी तो शायद 1815 में अंग्रेज़ी शासन के बरकरार होने से लेकर इक्कीसवीं शताब्दी तक नहीं हुई। जिस लाचारी से पर्वतीय क्षेत्रों को लखनऊ से संचालित राजनीति ने मार रखा था, उस लाचारी का जवाब देने के लिए एक नये प्रदेश का गठन किया गया था। इसलिए उत्तराखण्ड केवल एक शासकीय फ़ैसला नहीं, पहाड़ की पहचान को लेकर भी उतना ही जटिल सवाल था। 90 के दशक में फिर से उठे राज्य आन्दोलन ने मण्डल कमीशन के पिछड़ी जातियों के रिज़र्वेशन की घोषणा के बाद तूल पकड़ी। चूँकि पहाड़ी क्षेत्रों में पिछड़ी जातियों की संख्या कम है, कुछ आन्दोलनकारियों को यह चिन्ता थी कि रिज़र्वेशन के चलते मैदानी इलाक़ों की पिछड़ी जातियाँ पहाड़ी इलाक़ों में सरकारी नियुक्ति में डिस्प्रोपोर्शनेट रूप से आ जायेंगी। इस एहसास ने प्रदेशीय राजनीति की जो हवा बदली, तो सीधे विधानसभा में बैठी समाजवादी पार्टी और केन्द्र में बैठी एन.डी.ए. की गठबन्धन सरकार ने उत्तराखण्ड को मंजूरी दे डाली। छोटे प्रदेशों के हक़ में जिस साल झारखण्ड और छत्तीसगढ़ गठित हुए, उसी साल (पहले उत्तरांचल) उत्तराखण्ड भी।

उत्तराखण्ड बनने की कवायद में मध्यमवर्गीय पहाड़ियों के जीवन में शायद पहली बार पहाड़ी पहचान की राजनीति की बारीकियाँ सामने आयीं। लखनऊ और दिल्ली के सरकारी दफ़्तरों में वर्ग–3 और वर्ग–4 की नौकरियों में भरे पहाड़ियों के लिए अनायास ही पहाड़ी होने का राजनीतिक महत्त्व प्रकट होने लगा। नया प्रदेश बनेगा तो नयी नौकरियाँ भी और पुरानी नौकरियों का बँटवारा भी। इसी उथल–पुथल के आसपास की बात है जब हरीश और लच्छी ने थोड़ा बुढ़ापे के मारे और थोड़ा विश्वनाथ निकेतन के अकेलेपन और द्वन्द्व के मारे दिल्ली का रुख़ किया था। उनमें से शायद ही किसी ने सोचा था कि साथ में दोनों अल्मोड़ा वापस फिर कभी नहीं आयेंगे। जैसे–जैसे पहाड़ी इलाक़ों की राजनीतिक तक़दीरें बदल रही थीं, वैसे–वैसे हरीश और लच्छी की भी।

भले ही लच्छी और हरीश अपनी–अपनी स्मृतियों को नैनीताल और अल्मोड़ा से परिभाषित करते थे, सच तो यह था कि हरीश का कार्यरत जीवन और लच्छी का वैवाहिक जीवन पहाड़ी इलाक़ों के बाहर ही बीता था। सीतापुर, मुरादाबाद, बरेली, दोहना में ज़्यादा और गोपेश्वर, पिथौरागढ़ और श्रीनगर में कम समय बिताने के बावजूद भी जिस प्रकार से कुमाऊँनी ब्राह्मणवाद की ठोस लकीरें उनके नाते–रिश्तों और सामाजिकता में खिंची रही थीं, यह उनके लिए आश्चर्य नहीं दायित्व की बात थी। भले ही बदलते राजनीतिक समीकरणों की सूचना और प्रभाव से हरीश–लच्छी का कोई निजी नाता नहीं था, पर उसका आभास उनके अपने जीवन की उथल–पुथल में ज़रूर था।

अगर हरीश के लिए अल्मोड़ा की नगरपालिका और कचहरी उस बदलते हुए समय में बरकरार छवियाँ थी तो लच्छी के लिए जाखनदेवी और क्षय भैरव का मन्दिर। दोनों की आशाएँ और प्रार्थनाएँ इन्हीं की दरों पर शुरू होतीं और ख़त्म भी। अगर हरीश अल्मोड़ा से निकलकर नैनीताल के हाईकोर्ट या फिर लखनऊ

के सूचना आयोग के दर्शन के अभिलाषी रहते तो लच्छी कैंची के नीम करोली आश्रम की या फिर लखनऊ के हनुमान सेतु मन्दिर की। दोनों में से शायद ही किसी ने कभी इस बात पर ध्यान नहीं दिया कि दोनों को चमत्कार की आशा ही है, चाहे वो काग़ज़ में लिपटे शब्दों का हो या फिर प्रसाद का।

पर वैनिटी बॉक्स में बन्द काग़ज़ न तो कचहरी के थे और न ही प्रसाद के, न तो अल्मोड़ा के बदलते भूगोल के मानचित्र और न ही भगवान को लिखी अर्ज़ियाँ। अल्मोड़ा के नज़दीक चित्तई गाँव में गोलू नामक देवता का मन्दिर है। इन देवता को न्याय का देवता माना जाता है क्योंकि अपने मिथक जीवन में इन जनाब ने अपने लिए और अपनी प्रजा के लिए हमेशा न्याय की लड़ाई लड़ी। घोड़े पर सवार गोलू की प्रतिमा में न ही उनकी आँख–नाक की झलकियाँ हैं और न ही अन्य देवताओं के समान आभूषणों का अलंकरण। केवल एक सीधी सरल रूपरेखा जो आप पर ही गोलू की छवि को निर्धारित करने का काम भी थोप देती है। मन्दिर तक पहुँचने के लिए सीढ़ियों पर सैकड़ों घण्टियाँ बँधी पड़ी मिलेंगी। कुछ छोटी, कुछ बड़ी और कुछ बहुत बड़ी। कुछ भारी तो कुछ बहुत हलकी। मन्दिर की परिक्रमा करने वाले प्रांगण में सिर्फ़ घण्टियाँ नहीं, अर्ज़ियाँ भी मिलेंगी। गोलू देवता से न्याय करती याचिकाएँ। "मेरे पति की शराब छुड़ा दो" से लेकर "मुझे सरकारी नौकरी दिला दो," "घर के क्लेश को खत्म करा दो" या फिर "मुझे एक बेटा दे दो।" कुछ याचिकाएँ जल्दबाज़ी में फाड़े काग़ज़ के टुकड़ों पर रेंगती हुई क़लम ने लिखी थीं तो कुछ स्टाम्प पेपर पर बाक़ायदा टाइप की हुई। कुछ में तारीख़ और हस्ताक्षर औपचारिकता सहित मौजूद थे तो कुछ में केवल "जय हो" भर का नारा। मैं अक्सर ही यह सोचा करती थी कि अगर कोई एक जगह ऐसी है जहाँ कक्कू का पेपर–वाद और चाची का देवता–वाद मिल–जुलकर फल–फूल सकता है तो वह है चित्तई का गोलू

मन्दिर। पर शायद ही कक्कू ने कभी इसकी सीढ़ियाँ चढ़ी होंगी या चाची ने कोई अर्ज़ी लिखी होगी।

अल्मोड़ा रहते–रहते मेरा टी.वी. और सिनेमा का शौक़ लगभग मर ही चुका था। बड़ी मेहनत से तो टाटा स्काई का कनेक्शन बन्दरों के आतंक से बचाया जा सकता था। हर दूसरे दिन या तो ख़ुद या तो फिर किसी और की मदद से डिश को उसकी जगह पर बैठाना पड़ता था। मेरी उम्र से ज़्यादा उम्र उस टी.वी. की उम्र हो चली थी। ज़ाहिर–सी बात है कि वह भी अपने मूड से काम करता था। ज़्यादातर दोनों एक–दूसरे का साथ नहीं देते और जब देते तो कुछ देखने लायक ही नहीं होता।

अल्मोड़ा में जितने सिनेमा–प्रेमी भरे हुए हैं, उतने ही सिनेमा हॉल नदारद। अल्मोड़ा की माल रोड पर चलते–चलते अगर आप जाखनदेवी, बक्शी खोला और चौहानपाटा के भी आगे निकल जायें और फिर गोविन्द बल्लभ पन्त की धड़–मूर्त को नमस्कार कर थोड़ा और आगे चल पड़ें तो जल्द ही स्वयं को एक खँडहरनुमा बिल्डिंग के समक्ष पायेंगे। बिल्डिंग की अवशोषित छवि देखकर यही ख़याल आता है–इमारत देखकर लगता है कि बुनियाद अभी भी मज़बूत है। इतनी भी पुरानी नहीं है कि पुरातत्त्व विभाग इसे अपनी छत्रछाया में ले ले, पर इतनी पुरानी ज़रूर है कि दीवारों के चप्पे–चप्पे पर 1990 से 2010 तक के बीच के चुनाव, सर्कस, हकीम, और वैद्य व पास के ही कुमाऊँ विश्वविद्यालय के छात्रसंघ प्रतिनिधियों के इश्तेहारों ने एक के ऊपर एक चिपक–चिपककर एक नयी सतह ज़रूर बना दी है। शायद इस सतह के और इमारत की पत्थरी सतह के बीच काग़ज़ की ऐसी बहुतेरी सतहें जमी होंगी। लकड़ी के दरवाज़े और टिन की छत घाम और बरखा (धूप और बारिश) और हवा झेलते–झेलते बदरंग हो चुकी हैं। कहीं–कहीं पर फूल–पौधों ने भी घर कर लिया है। यह सम्भव है कि आने वाले समय में यह स्वयं ही ग्रीन आर्किटेक्चर का प्रतीक बन बैठे।

बहरहाल, जैसी भी है, इतनी श्रेष्ठ अवश्य है कि आपका ध्यान अपनी ओर खींच ही ले।

यह रीगल सिनेमा था/है? अनायास ही समस्या बन पड़ती है कि इसे किस कालखण्ड के सुपुर्द किया जाये? इसके पर्दे पर दस साल से ज़्यादा हुए कुछ चमका नहीं। पर इसका और कुछ हुआ भी नहीं। शहर के दूसरी तरफ़ जागनाथ सिनेमा का ही उदाहरण ले लीजिए। वहाँ अब एक कारखानानुमा और विशाल, विशाल मेगा मार्ट है। जागनाथ का मॉलीकरण हो चुका है। परन्तु रीगल आज भी पुनर्अवतरित नहीं हो पाया है। न सिनेमा बन पाया और न ही कुछ और।

गुज़रती पीढ़ी वाले लोग अल्मोड़ा में आज भी उम्र अनुसार देवानन्द या शशि कपूर बने घूमते हैं। यहाँ दुकानों पर रेडियो में गीतमाला के सुनहरे गीत बजते रहते हैं और समय–समय के फ़िल्मी डायलॉग पहाड़ी लहजे में ही सही, अभी भी बात–बात में घुसा दिये जाते हैं। वहाँ सिनेमा ही विलुप्त हो गया? विश्वनाथ निकेतन में पुराना सामान टटोलते समय मुझे साधना, विश्वजीत और राजकपूर के ऑटोग्राफ़ सहित जो तस्वीरें मिलीं तो पूछताछ भी हुई कि ये हैं किसकी। बता पाना कठिन था क्योंकि जवानी में ऐसे कई शौक़ीन थे। चिट्ठियाँ लिख–लिखकर तस्वीरें मँगवाई जाती थीं और फिर सहेजकर सँभाली भी जातीं। शादी के समय लड़कियाँ अपने सामान के साथ ले जाना नहीं भूलती थीं। इसलिए समझ नहीं आता था कि हुआ क्या? गुज़रती हुई पीढ़ी के साथ शौक़ भी गुज़र गया क्या? सुनने में आया है कि आकाशवाणी कार्यालय के पास कोई रघुनाथ मॉल बन रहा है, वहाँ होगा मल्टीप्लेक्स और वहीं लगेंगी फ़िल्में। तो लीजिए अब सीमेंट और सरिया का इन्तजार करिए, सिनेमा देखने के लिए।

जब पर्दे पर नयी फ़िल्म देखने की ललक ने आशिक़ी की ललक की तरह बेकरार कर दिया तो मैंने मोर्चा सँभाला और ख़बर बटोरनी शुरू की। पता चला कि सिनेमा की भव्यता को सी.डी.

की सूक्ष्मता ने बेघर कर डाला था। फ़िल्मों की कालाबाज़ारी ने सिनेमा की सामाजिकता को छू–मन्तर कर डाला था। जागनाथ क़र्ज़े में डूब गया था और रीगल यादों में। मूँगफलीनुमा पेन ड्राइव और रोटीनुमा सी.डी. नुक्कड़ पर बैठ सिनेमा की क़ब्र पर इतरा रही थीं, वो भी बुरी क्वालिटी में।

मजबूरी मज़बूत बनाने के साथ–साथ मार्मिक भी बना देती है और मार्मिकता का अनुभव होते–होते इन्सान रचनात्मक भी हो चलता है। जल्द अँधेरा होने वाली शाम और दिनभर ऊपर–नीचे की मेहनत वाले शहर में चाय की दुकान या घर की बैठक में होने वाली गप ही सहायक सिद्ध होती है। पहाड़ में गप को फसक कहते हैं। फसक किसी धर्म से कम नहीं है। वास्तविकता और अतिशयोक्ति के बीच जो भी बाउंडरी हो, उस को जानबूझकर भूलना पड़ता है। फसक पर यक़ीन करना फसक पर हँसने से ज़्यादा ज़रूरी है, क्योंकि उस अतिशयोक्ति में ही पहाड़ी जीवन की वास्तविकता भी है। अगर फसकानुसार गाय ने इतना दूध दे डाला है कि पूरे गाँव को हफ़्तेभर तक कहीं और से दूध मँगवाना न पड़ा, तो असल बात शायद यह रही हो कि गाय दुधारू ही नहीं रही। फसक के रंग में अगर यह रँगा हो कि जितनी बार बहू मायके से ससुराल वापस आती, उतनी बार एक और खेत धँस जाता तो शायद असल बात यह कि खेती–बाड़ी की व्यवस्था धीरे–धीरे गाँव से विदा ले रही है। पर उस अतिशयोक्ति के खिंचाव में पहले ख़ूब हँसी आती है, दिल बाद में बैठता है। गप और फसक के बाज़ार में जितना मज़ा है, उतनी ही मार्मिकता भी।

फसक नहीं तो एक और वजह से अल्मोड़ा का टाइमपास बड़ा मशहूर है। नामकरण। नवजात बच्चों का नहीं, शहर के प्रमुखों का। इन नामकरणों का अपना एक ऐसा इतिहास है जिसका रिकॉर्ड नगरपालिका में दर्ज जन्म प्रमाण–पत्र पर नहीं, इन्हीं फसकों के शोर में मिलेगा। लाला बाज़ार की नामी मिठाई

की दुकान के सेठ का नाम–जीवन 'बिल्ली' चूँकि इनकी आँखें बिल्ली जैसी चमकती थीं। यह नाम इतना आम हो गया था कि बाज़ार में आते–जाते लोग चीख़कर एक–दूसरे से कह सकते थे–''अरे यार, जीवन 'बिल्ली' की दुकान के पास मिलना।'' यह तो फिर भी जनता जानती थी। पर कुछ नामकरण गुप्त में किये गये थे। उनकी संरचना कुछ ऐसी थी कि यह पता चल पाना मुश्किल था कि किसके वास्ते की गयी है? जैसे एक थी रमा 'कण्टरिया'। जिन टिन के कनस्तरों में घरों में थोक का तेल आया करता है, उसको पहाड़ी लहजे में कंटर कहते हैं। रमा, जो लगभग हर तीसरी पहाड़ी महिला का नाम हो सकता है, उसकी शादी उसे नहीं भायी। इसलिए कुछ दिनों बाद वह ससुराल में बिना बताये अपने मायके पहुँच गयी और अपने बिस्तर पर रजाई के नीचे कंटर ढक आयी। नाम पड़ा–रमा 'कंटरिया'। जिस महिला के पति ने रामलीला में लगातार कैकेयी की भूमिका निभायी, उसका नाम पड़ गया 'दशरथ आण्टी', और जनाब ख़ुद बने 'कैकेयी अंकल'। जिन महाशय को उम्र के साथ हाथ–पाँव के जोड़ों के दर्द ने सीधा चल पाना दूभर कर दिया था, वह अष्टावक्र अंकल हो चले। जिसने क्रिकेट मैच में एक बार लगातार तीन चव्वे मार दिये उसका 'घनचव्वा' नामकरण हो गया। शायद अपेनडिक्स में लगानी पड़े।

लम्बी फ़ेहरिस्त है, ऐसे नामकरणों की।

जैसे–जैसे इन टाइमपासों से नज़दीकी होने लगी, वैसे–वैसे फ़िल्म और टी.वी. का शौक़ नालायक–सा लगने लगा। जिस तरह से शास्त्रीय संगीत में एक ही राग की कई गतियाँ हो सकती हैं, वैसे ही एक फसक या नाम के कई रूप। यह भी एक कला है जो समय और अभ्यास के बिना प्राप्त नहीं हो सकती। जब गप से भी दिल भर गया तो साल भर व्यस्त रखने वाले कैलेंडर में समय खोजना मुश्किल होने लगा। होली की बैठकें होली से कुछ महीने पहले ही शुरू हो जाती हैं, उनके ख़त्म होते ही नवरात्रों

और चैत्र का समय आ जाता है। चैत्र के महीने में भिटणा[1] और चैत्र के बाद कोई–न–कोई मुख्य पूर्णिमा। सावन आते–आते नन्दा देवी का मेला और यात्रा और उसके ख़त्म होते ही रामलीला की तैयारियाँ। हर मोहल्ला अपने पुतले बनाने में व्यस्त हो जाता है और कुछ अपनी रामलीला के किरदारों के चुनाव में। मुख्यतः हुक्का क्लब की रामलीला ख़ूब मशहूर रही है। विजयदशमी के नौ दिन पहले से हर दिन रामायण का एक काण्ड स्टेज पर गानों के साथ प्रस्तुत और सीधा केबल टी.वी. पर टेलीकास्ट किया जाता है। मूँगफली और चना लेकर रामलीला देखने लोग यूँ बैठते थे जैसे कि मैं पॉपकार्न लेकर सिनेमा। कई दफ़ा तो मेरे बगल में बैठी कोई–न–कोई महिला राम के राज्याभिषेक पर ऐसे रोयी जैसे कभी ख़ुशी कभी गम में शाहरूख ख़ान के वापस आने पर जया बच्चन। रामलीला ख़त्म होते–होते फिर उत्तरायणी के मेले की तैयारी और फिर होली का पूरा चक्कर। इसी कैलेंडर में ईद, मुहर्रम, विश्वकर्मा जयन्ती और गुरुपर्व, हरेला, वट सावित्री, क्रिसमस, करवाचौथ किसी–न–किसी की छुट्टी, शादी, नामकरण या फिर शोकसभा, पुण्यतिथि, जयन्ती और मोर्चेबाज़ी के बीच समय कहाँ निकलने लगा, यह समझ नहीं आ पा रहा था।

नींद तो काफ़ूर ही होती जा रही थीं। अगर आज गर्मी की वजह से बेचैनी थी तो सर्दियों में बिस्तर के ऊपर थुलमा बिछाने के बाद ही उस पर सोने की हिम्मत की जा सकती थी। थुलमे के ऊपर मैं और मेरे ऊपर दो रज़ाइयों का इतना भार लदा रहता कि कभी–कभी सुबह उठने पर कन्धों या कमर में दर्द होने लगता था। चूँकि गर्मियों के दिन थे, मैं अगली सुबह कन्धे या कमर के दर्द के साथ नहीं बल्कि खिड़की पर खिखियाते हुए बन्दरों की आवाज़ से जगी। खिड़की की जाली पर जिस तरह से बन्दर

---

1. चैत के महीने में कुमाऊँनी महिलाएँ अपने मायके से भेंट पाती हैं। इस अवसर को 'भिटणा' कहते हैं।

अपने पंजे या फिर कूदते–फाँदते हुए अपनी पूँछ मारते हैं, वह शोर सुबह की शान्ति में सायरन जैसा काम करता है। अगर बन्दर नहीं, तो म्युनिसिपैलिटी के पानी के आगमन की आवाज़ें। ''आ गया, आ गया", "मैंने बाल्टी लगा दी'' वग़ैरह–वग़ैरह से तो अवश्य ही नींद खुल जाती थी। थोड़ा अटपटे शहरीकरण का ज़ोर है और थोड़ा बढ़ती आबादी का, थोड़ा सूखते हुए नौले और धारों की त्रासदी और थोड़ी म्युनिसिपैलिटी का भ्रष्टाचार। भतेरी वजहें हैं कि अल्मोड़ा में पानी की समस्या कुछ ऐसी व्यवस्थित हो गयी है कि वह सिर्फ़ समस्या ही नहीं, अपना ही समाधान भी बन गयी है। गर्मियों में कोसी नदी सूख जाती है, तो पानी नहीं आता और बरसात के मौसम में पानी के पम्प में मलबा भर जाता है, तो पानी नहीं आता। सर्दियों में पानी आता है, तो ज़रूरत नहीं होती। अगर पानी अक्सर ही नहीं आता तो बेवजह भी नहीं आता। कौन–सा पाइप कहाँ गया है, और कहाँ रुका है, यह बता पाना बहुत ही मुश्किल है। न कोई मानचित्र है और न ही कोई काग़ज़। पर म्युनिसिपैलिटी का फ़ोरमैन तो है। हर मोहल्ले का अपना दिग्गज भी जिसे कौन–से सन् में कौन–सा घर बना था और उसके लिए कितने पाइप खींचे गये थे, इसका ध्यान ज़रूर रहता था। क्राइसिस के समय इन्हीं के नाम जप समान ज़ुबान पर रहते हैं। वो कृपा करे तो परेशानी पता चले, नहीं तो पड़ोसी के नल से पाइप लगाकर ही काम चलाना पड़े।

अगर अल्मोड़ा के हर मोहल्ले में पानी का अपना नियम और व्यवस्था थी, तो हर मोहल्ले के हर घर में और भी जटिल व्यवहार। जैसे कि विश्वनाथ निकेतन में पानी की करामात देखो। नीचे वाले तल में एक सार्वजनिक नल है और पानी पहले वहीं पहुँचता है। बिना मोटर पम्प वाली पानी की व्यवस्था में मैं हर सुबह सात और आठ बजे के बीच रसोई के बाहर वाली बालकनी से नीचे या तो झाँककर या कान लगाकर बहते पानी के आगमन की आवाज़ का इन्तज़ार करती थी। सुबह की चाय का प्याला

और मैं दोनों ही इस आवाज़ की ताक में रहते। अगर नहाते समय या नाश्ता बनाते समय पानी महाराज आ गये तो पानी भरने वाले समय के अमूल्य क्षण बेकार चले जायेंगे इसलिए समय के साथ–साथ केवल आवाज़ ही नहीं, मैं पानी के आने का एहसास भी भाँपने लगी थी। जब घड़घड़ाते हुए पाइपों पर चढ़ते हुए पानी की आवाज़ मेरे कानों पर पड़ती तब ऐसा लगता जैसे पाइप पानी नहीं, साँस ले रहे हों।

नीचे वाले आँगन के सामुदायिक नल में जैसे ही पानी की हलचल होती, वैसे ही सारे कक्का–चाची अपने–अपने कमरों से निकलकर आँगन की तरफ़ ऐसे आते जैसे कि बिल से चूहे। शायद सुबह के समय पानी भरना ही ऐसा काम था जो घर की महिलाएँ और पुरुष मिलकर करते। नहीं तो बाक़ी सारे काम बड़े ही नियम से बँटे हुए थे। रजन कक्का सबसे ज़्यादा सतर्क रहते। गोपू कक्का भी अपनी बीड़ी बुझाकर तुरन्त ही बाल्टी हाथ में ले लेते। रामू कक्का पानी भरते हुए कम ही दिखाई पड़ते थे। शायद उनका काम अन्दर वाले नल से ही पूरा हो जाता था। जैसे पूरी जमात नीचे के आँगन और कमरों में अन्दर–बाहर कर रही होती थी, वैसे ही मैं अकेले घर के एक छोर से दूसरे छोर के दरवाज़ों को खोलते–झेलते हुए पानी के स्वागत की तैयारी।

जिस कमरे में नानी रह रही थी, उस कमरे के बाहर वाली बालकनी में और किचन के दरवाज़े के ठीक बाहर की ओर, दो पाइप छत की टंकी की तरफ़ चढ़ते हैं। वहीं पर नल की दो टोंटियाँ भी लगी हुई हैं। यह किसी तपस्या द्वारा उपलब्ध ज्ञान से कम नहीं था कि पानी आने के समय उनमें से कौन–से नल को बन्द करना है और कौन–से को नहीं। माजरा यह था कि अगर टंकी में पानी भर जाने के बाद, उसकी ओर चढ़ने वाले पाइप के नल को बन्द नहीं किया तो दूसरी तरफ़ हवा के प्रेशर से वह पानी लौट सकता था। जहाँ पानी इतनी दिक़्क़त से आता और चढ़ता है, वहाँ वो आकर लौट जाये, इससे बड़ी कठिनाई

और क्या हो सकती थी? सर्दियों के तापमान से नल अक्सर जकड़ जाते थे और गर्मियों में बन्दरों की उछल कूद से गड़बड़ा जाते थे। पाइप सही तरह से साँस लेते रहें और पानी चढ़ता रहे, इस आश्वासन और आयोजन के लिए मैं हर सुबह फुर्ती से तैनात रहती। पर जैसे–जैसे मैं इन पाइपों के नियम को समझकर इनकी हरकतों से वाक़िफ़ होने लगी वैसे–वैसे मेरी सुबहें इतनी विचलित नहीं रहने लगीं। पानी का इन्तज़ार करते समय अक्सर मुझे याद आता कि जब हम सब गर्मियों की छुट्टियों में घर पर इकट्ठा होते तो उस भारी आबादी के लिए नाना किस प्रकार से पानी का बन्दोबस्त किया करते। अपने पाजामे को घुटनों तक चढ़ाकर और कुर्ते की बाजुओं को कोहनी तक मोड़कर वह हरसम्भव चीज़ पानी से भर देते। टंकी, ड्रम, बाल्टी, मर्तबान, भगोने, कटोरे। इस हद तक कि कोई खाली चीज़ मिलना मुश्किल हो जाता। बालकनी भर में पानी से भीगी चप्पलों की छाप बनी रहती। हर बाथरूम में लबलबाती हुई बाल्टियाँ और टंकियाँ बैठी रहतीं। अकेले रहते हुए मैं नाना के समान भतेरी बाल्टियाँ और भगोने तो नहीं भरती पर अगर किसी दिन पानी के आगमन का अन्दाज़ा नहीं लगा पाती तो निराशा ज़रूर होती।

उस दिन मैं पानी के आगमन की आवाज़ से ही उठी। उठकर सीधे मँझले नाना के कमरे से होते हुए बालकनी पर पहुँची ही थी कि माँ ने आवाज़ लगाकर बता दिया कि वह नल खोल–बन्द कर चुकी थी। निश्चिन्त होकर मैं उसी कमरे में वापस आ गयी। नानी शायद रसोई से लगे हुए डाइनिंग रूम में होगी, जहाँ उसने नाश्ते से पहले वाली चाय सुरसुराने का नियम बना लिया था। अपनी सहूलियत के लिए इस कमरे में मैंने बिस्तर के ऊपरी छोर की बायीं तरफ़ एक मेज़ और कुर्सी लगा दी थी। यहाँ मैं अक्सर अपनी पढ़ाई–लिखाई का काम करती। उसी कुर्सी पर बैठकर मैं माँ के हाथ की चाय का इन्तज़ार कर रही थी कि मेरी नज़र फिर से सामने पड़े बक्से पर पड़ी। शायद खिड़की की जाली से

छनती हुई रोशनी की वजह से या फिर सुबह–सुबह कमरे की सुव्यवस्था की वजह से वैनिटी बॉक्स का हरा रंग बड़ा ही उजला लग रहा था। नानी की रात वाली साड़ी क़रीने से तह करके बॉक्स से थोड़ी ही दूरी पर रखी हुई थी। रविवार की सुबह थी इसलिए मुझे काम पर जाने की कोई जल्दबाज़ी भी नहीं थी। वैसे भी माँ के आने से मेरे मन में एक बेफ़िक्री अपने आप ही पैदा हो जाती। मूड भी कुछ ऐसा ही बन रहा था कि मानो पूरा दिन बेफ़िक्री में ही गुज़रेगा। मैंने वैनिटी बॉक्स पर एक बार फिर नज़र डाली और कुर्सी से उठकर रसोईघर की तरफ़ रुख़ किया।

रसोई में भी पानी की कार्यवाही चल रही थी। जहाँ गैस स्टोव पर चाय के लिए पानी उबल रहा था, वहीं नल से पाइप खींचकर बायीं तरफ़ रखे स्टील के ड्रम में पानी पहुँच रहा था। नानी डाइनिंग टेबल के किनारे बैठकर चाय में बिस्कुट डुबा–डुबाकर खा रही थी। मैं भी मेज़ के किनारे बैठ गयी और नानी से गप मारने लगी। माँ और नानी किसी रिश्तेदार की शादी के बारे में कुछ बात कर रहे थे और फिर थोड़ी ही देर में चर्चा पहाड़ी सब्ज़ियों से होते हुए बदलते मौसम और फिर आने वाले वट–सावित्री के व्रत पर जा टिकी। चूँकि मेरी चाय की चुस्कियाँ कुछ घण्टों तक चलती हैं, मैं अपने प्याले से कुछ घूँट मारकर, प्याला उठा वापस कमरे की तरफ़ चल पड़ी। कमरे में पहुँचते ही नज़र फिर से उसी हरे बाॅक्स पर टिक गयी। एक हाथ में चाय का प्याला और दूसरे से उस बॉक्स को उठाकर मैं वापस उसी कमरे में चली गयी जहाँ मैं रातभर सोयी थी।

बिस्तर पर चादर मुड़ी–मुड़ी–सी पड़ी हुई थी। दिन धीरे–धीरे चढ़ रहा था और खिड़की की जाली से आ रही रोशनी बिस्तर के आधे हिस्से पर खेल रही थी। चाय के प्याले को सँभालते हुए मैंने उसे बिस्तर के पास ज़मीन के ऊपर रख दिया। लकड़ी वाले दो तख़्तों को मिलाकर और रुई के कई पतले गद्दों को एक के ऊपर एक रख–रखकर मैंने समतल डबल–बेड टाइप हिसाब कर

लिया था। खिड़की के पास वाले हिस्से की तरफ़ वैनिटी बॉक्स रख डाला, और चाय के प्याले को ज़मीन से उठाकर खिड़की की ओट पर। थोड़ी और धूप छनकर अन्दर आने लगी।

कुछ घण्टों पहले मुझे इस वैनिटी बॉक्स के वजूद का अता–पता भी नहीं था। अब ऐसा प्रतीत हो रहा था कि जब तक इसकी तह तक न पहुँच जाऊँ, दिन बढ़ेगा ही नहीं। चाय की चुस्की मारते हुए बायें हाथ से डिब्बा खोला और गोता लगा ही रही थी कि हाथ खुद–ब–खुद ठिठक पड़ा। भला नानी की अनुमति के बिना इन पत्रों के प्रति केवल मेरी जिज्ञासा ही उन्हें पढ़ने का अधिकार थोड़ी ही बन सकती थी। पिछले दिनभर की असमंजस में मैं यह सोचना तो भूल ही गयी थी कि आख़िरकार ये पत्र थे तो नानी के नाम। पारिवारिक रिश्तों में और ख़ासकर कि नाती–नातिनी जैसे रिश्तों के दायरे में अधिकारों के सवाल कम ही पूछे जाते हैं। पूछे भी जाते हैं तो थोड़ी हिचकिचाहट के साथ। नाना–नानी और दादा–दादी की धरोहर पर नाती–पोते शायद अधिकार कम, कौतूहल, आदर या प्रेम की धारणाओं से ज़्यादा सोचते हैं। बचपनभर जिसकी कहानियों ने बचपन में बचपना डाला हो, उससे उसकी ही कहानी के प्रति अपनी जिज्ञासा को अधिकार की भाषा में पूछना काफ़ी अटपटा प्रतीत हो रहा था, पर वाजिब भी।

जितनी तैयारी से बिस्तर पर आकर बैठी थी, उतनी ही अलसायी हुई बिस्तर से उठी। भले ही गर्मी के दिनों की सुबह थी, सुबह वाली फीकी ठण्ड में चाय काफ़ी जल्दी ठण्डी हो गयी थी। डुबाने के लिए बिस्कुट लाना भी भूल गयी थी। वैनिटी बॉक्स बन्द करके वापस किचन पहुँची। पानी की कार्यवाही लगभग समाप्त हो चुकी थी। अन्तिम चरण के आयोजन में कुछ पानी केतली में उबालने के लिए रखा जा चुका था और खाली केतली में धीरे–धीरे कम होते हुए प्रेशर वाला पानी काफ़ी आवाज़ के साथ भरा जा रहा था। नानी की चाय ख़त्म हो चुकी थी। अब वह फराज़बीन काटने में व्यस्त थी। माँ को पहाड़ की हरी

सब्ज़ियाँ अति प्रिय हैं। अल्मोड़ा पहुँचते ही हरी सब्ज़ियों पर माँ ऐसा धावा बोलती हैं जैसे उम्रभर के विटामिन और आयरन की ज़रूरत अल्मोड़ा के कुछ महीनों में ही पूरा कर लेगी। नानी का खान–पान पिछले कुछ सालों से काफ़ी संयमित रहने लगा था। भले ही पुराने दिनों की तरह नानी पहाड़ी फल, सब्ज़ियों और व्यंजनों का स्वाद नहीं चख पाती, बाक़ियों की इच्छापूर्ति में ही अपने शौक़ पूरे कर लेती।

चूँकि एक चूल्हे पर केतली में भरा पानी उबल रहा था और दूसरे पर दूध, मेरी चाय गर्म करने के लिए मेरा थोड़ा इन्तज़ार करना ज़रूरी थी। वैसे भी सुबह की चाय पूरी करे बिना मैं कोई और काम शुरू नहीं कर सकती हूँ। कुछ ऐसी ही आदत बन गयी है। दूध उबलने ही वाला था। चाय का प्याला किचन में रखकर मैं डाइनिंग रूम में नानी की बगल वाली कुर्सी पर जा बैठी। नानी का ध्यान फराज़बीन पर फिसलते हुए चाकू पर टिका हुआ था। बड़े ही ध्यान से एक–एक फराज़बीन को प्लास्टिक मेज़पोश पर बिछे अख़बार के ऊपर लगे ढेर से उठाकर, पहले उसका सिर और फिर उसकी पूँछ को महीन तरह से छाँटकर, नानी दूसरे ढेर में डाल रही थी। प्रक्रिया पूर्ण होने में अभी समय बचा हुआ दीख पड़ रहा था। वैसे भी लच्छी हर काम तल्लीनता से ही करती है। भले ही कपड़ों में तह लगानी हो या फिर बालों में तेल, रसोई में बर्तन सजाने हों या फिर अलमारी में कपड़े, हर काम में उतना ही संयम और धीरज।

सारी पढ़ेगी?

जितने उत्साह से पानी के आगमन की घोषणा हुई थी, उतनी ही मार्मिकता से उसके जाने की ख़बर भी आयी।

बर्तनों की खड़खड़ाहट, झर–झर के फिर पानी का गिरना, बाल्टी और पाइप खिसकाते हुए हाथ–पाँव की आवाज़ें। इन सब हरकतों का शोर पानी के जाते ही वापस सामान्य दिनचर्या की सामान्यता में घुल जाता। बगल की किचन से और नीचे के आँगन से धीरे–धीरे आवाज़ें आना बन्द हो गयीं। जैसे कि दिन का एक पड़ाव गुज़र गया हो। नियमपूर्वक नानी ने माँ से पूछा–''गया?'' और माँ ने उतनी ही नियमपूर्वक कहा–''हाँ''। मैंने भी उतनी ही नियमपूर्वक पूछ लिया–''कहाँ?'' और हम तीनों नियमपूर्वक मुस्कराये।

''तुम्हारा हाई स्कूल सर्टिफ़िकेट तो मिला नहीं नानी'' कहते हुए मैंने नानी की तरफ़ अपनी गर्दन घुमायी। बिना ऊपर देखे हुए नानी ने हामी में गर्दन हिलायी और बोली–''पता नहीं मिलेगा भी कि नहीं? मुझे तो देखे हुए की भी याद नहीं है''। विनोद मामा की पक्की कागज़ी कार्यवाही पर मुझे काफ़ी भरोसा था। हाई स्कूल सर्टिफ़िकेट नहीं तो कोई और तोड़ निकल ही जायेगा। ज़्यादा फ़िक्र नहीं थी। इतने में ही ''अपनी चाय गर्म कर लो'' कहते हुए माँ रसोईघर से निकलकर बाथरूम की तरफ़ चली गयी। दोनों चूल्हे खाली हो गये थे। इससे पहले कि उस पर कटती हुई फराज़बीन के लिए कढ़ाई में तेल–प्याज़ चढे, मैं चाय गर्म करने का मौक़ा हाथ से जाने नहीं देना चाहती थी। चाय का प्याला हाथ में पकड़कर और कुर्सी को जगह पर वापस खिसकाकर उठ गयी।

चाय प्याले से भगोने में डाली ही थी कि डाइनिंग रूम से नानी की आवाज़ आयी–''सारे पढ़ेगी क्या?'' प्याला खाली हो गया था और छोटा–सा भगोना भर गया था। खाली प्याला हाथ में पकड़े हुए ही मैंने डाइनिंग टेबल की तरफ़ कुछ क़दम बढ़ाये। जब तक कि मैं अपने सवाल की पृष्ठभूमि भी तैयार नहीं कर पायी थी, उतने में ही नानी ने काफ़ी सरलता से दोबारा पूछ लिया था, ''सारे पढ़ेगी क्या?''

नानी अभी भी फराज़बीन काटने–छाँटने में मशगूल थी। बिखरे और फूले हुए ज़्यादातर सफ़ेद बालों वाला लच्छी का छोटा–सा सिर मेज़ की तरफ़ झुका हुआ था। बिना सिर और पूँछ वाली फराज़बीन का ढेर लगभग आधा हो गया था और कटी हुई का दुगुना। सारे टुकड़े लगभग एक ही आकार के थे, मानो चाकू से नहीं मशीन से कटकर आये हों। थोड़े–बहुत बर्तन के बाहर भी उलटे–पुलटे हुए थे। "फ़िलहाल तो मैंने एक भी नहीं पढ़ा है।" मैंने नानी की तरफ़ देखते हुए कहा, और कहते ही हाथ में पकड़ा खाली प्याला भी बहुत भारी लगने लगा। "अपनी चाय तो गर्म कर ले" कहते हुए नानी ने अपना चेहरा उठाकर मेरी ओर देखा और फिर चाकू के साथ व्यस्त हो गयी।

लाइटर से चूल्हा जलाकर मैंने भगोना गैस पर चढ़ा दिया। चाय केवल गुनगुनी ही करनी थी। पर देखते–देखते ही एक उबाल भी आ गया। फुर्ती से चाय को प्याले में डालकर मैं नानी के सामने वाली कुर्सी पर जाकर बैठ गयी। विश्वनाथ निकेतन के लम्बे इतिहास में ऐसा कम ही हुआ होगा कि सुबह के समय घर की औरतें आराम से डाइनिंग टेबल के इर्द–गिर्द बैठकर चाय की चुस्कियाँ ले रही हों। अगर ड्राइंग रूम इस मकान का सबसे अज़ीज़ कमरा था तो डाइनिंग रूम सबसे नाचीज़। बैठक में केवल मेहमानदारी ही हो सकती थी, वो भी ख़ास मेहमानों के लिए। बाक़ी समय उसमें दोनों तरफ़ से ताला लगा रहता था। इस व्यवस्था की सबको इतनी आदत हो चली थी कि ज़्यादातर लोग यह भी भूल गये थे कि इस घर के अन्दर आने के लिए बैठक से भी एक रास्ता जाता है। शायद इस कारण ही दस साल के लम्बे समय के बाद जब बैठक के ताले खोले तो ऐसा लगा कि उसमें हवा, पानी और यादें वैसी की वैसी ही क़ैद हैं। फ़र्श पर बिछी मोटी कालीन, दीवारों पर लगी तस्वीरें, शोकेस में सजी गुड़िया, सोफ़े पर सजी कढ़ाई, सब कुछ वैसा का वैसा।

वहीं डाइनिंग रूम की शख़्सियत काफ़ी आम थी। फ़र्श पर पड़ी दरारें पुरानी हो चुकी थीं। बचपन में भी तेज़ चलने या दौड़ने पर पूरे कमरे में झनझनाहट होने लगती थी। अब तो वे दरारें भी तंग आ गयी थीं। नतीजतन कमरे का फ़र्श ही तिरछी तरफ़ ढलने लगा था। सेब या सन्तरा मेज़ से फ़र्श पर गिर जाये तो ढलान के सहारे दूसरी ओर तक रेंगता था। कमरे की लाज रखने के लिए कोने में रखी अलमारी में सजे कुछ विलायती बर्तन और काँच के महँगे गिलास शायद काफ़ी नहीं थे। समय–समय पर विदेश यात्रा से लौटे सबसे बड़े नाना कभी जापानी या कभी चीनी कप, प्लेट या तश्तरी ले आते। वे अक्सर उस अलमारी की ही शोभा बढ़ाते, मेज़ की क़तई नहीं। पहले बन्दरों और अब चूहों के डर से मेज़ पर कोई फल–सब्ज़ी रखना भी काफ़ी दूभर हो गया था। वो भी ज़्यादातर लकड़ी वाली अलमारी के बगल में खड़ी उसकी ग़रीब बहन जैसी एल्युमिनियम की जाली वाली अलमारी में बैठे रहते।

मेज़ पर रखे बिस्कुट के डब्बे की तरफ़ हाथ बढ़ाते हुए मैंने फिर नानी की तरफ़ नज़र फेरी। "वो तो बहुत सारी चिट्ठियाँ हैं। उस वैनिटी बॉक्स में, बहुत सारी।" फराज़बीन का आख़िरी गुच्छा काटते हुए नानी बोली, "हाँ काफ़ी सारी हैं, तू सारी पढ़ेगी?" नानी की सूई मानो उसी बात पर आकर अटक गयी हो, "सारी पढ़ेगी?" "मुझे तो कोई आइडिया नहीं है कि उनमें से किसी भी चिट्ठी में क्या लिखा है, सारी पढ़ूँगी या नहीं, इस बारे में तो मैंने अभी सोचा भी नहीं है।" कहते हुए चाय में भीगा बिस्कुट का टुकड़ा मैं अपने मुँह की तरफ़ ले आयी। ग़लती से भी अगर बिस्कुट ज़्यादा गीला होकर चाय में डूब जाये तो चाय ख़त्म होने पर ही नीचे की तरफ़ इकट्ठा हुआ दिखाई पड़ता है। टेबल पर बिछे अख़बार को फड़–फड़ की आवाज़ के बीच मोड़ते हुए नानी बोली, "काफ़ी पुरानी हो चुकी हैं अब तो सारी की सारी, उनमें वैसे भी मिलेगा क्या? कहीं मेरा हाई स्कूल सर्टिफ़िकेट तो नहीं है उस ढेर में ?"

इस बारे में मैंने सोचा भी नहीं था। चिट्ठियों और लिफ़ाफ़ों के ढेर में मुझे वैसे भी कुछ और नज़र भी नहीं आ रहा था। नानी से "मुझे तो नहीं दिखा" कहना भी सन्तोषजनक नहीं था, क्योंकि उसको ढूँढ़ने की मैंने कोशिश भी नहीं की थी। क्या पता उस ढेर में चिट्ठियों के अलावा कुछ और था भी कि नहीं? "फिर से देखना पड़ेगा, मैंने ध्यान नहीं दिया," मैंने चाय का एक और घूँट लेते हुए नानी से कहा। कुछ कल शाम के अँधेरे की वजह से और कुछ आज सुबह के उत्साह की वजह से मुझे उस डब्बे में वैसे भी ज़्यादा साफ़ दिखाई ही नहीं पड़ रहा था।

ध्यान के साथ नानी कुर्सी से उठी और बीन से भरा बर्तन उठाकर किचन की तरफ़ हो गयी। "ज़रा देख ले, क्या पता मिल जाये उसी में", नानी हल्की आवाज़ में बोली, "नहीं तो और दौड़ा–भागी करनी पड़ेगी पेंशन के लिए।" नानी के बिना देखे ही अपना सिर सहमति में हिलाते हुए मैंने आधा हाँ नानी को बोला और आधा ख़ुद को। बिस्कुट का आख़िरी टुकड़ा और चाय की आख़िरी घूँट मेरे गले के नीचे उतरी ही थी और इससे पहले कि मैं नानी से कुछ और कह पाती, माँ तेज़ क़दमों से अन्दर आयी और नानी की तरफ़ मोबाइल फ़ोन बढ़ाते हुए बोली, "ये ले चाची, प्रेमा मौसी का फ़ोन है।"

अगर 1980–90 तक के दशकों में पत्राचार ने रिश्तों को बनाये रखा तो बाद में रात के समय गिरती एस.टी.डी. की दरों ने। फिर मोबाइल फ़ोन की कम क़ीमतों ने। जो टेलीफ़ोन पहले–पहल मध्यमवर्गीय घरों में सरकारी अफ़सरों के दफ़्तरों और अधिकारियों के लिए सूचना आदान–प्रदान करने के लिए स्थापित हुए, धीरे–धीरे उनका अर्थशास्त्र ही बदल गया। अब तो न ट्रंक काल बुक करने की मशक़्क़त करनी पड़ती है और न ही गिरती दरों का इन्तज़ार। न तो फ़ोन नम्बर लिखने या याद करने की मेहनत। व्यक्ति विशेष घर में होगा या नहीं, न तो इसका इन्तज़ार और न ही फ़ोन करने का कोई ख़ास अवसर।

जो हालत टेलीफ़ोन के आगमन से तार व्यवस्था की हो गयी थी, उससे भी ज़्यादा अक्यूट 'मोबाइल फ़ोन' के आने से टेलीफ़ोन की।

नानी के लिए शायद जितनी चिट्ठियाँ नानाजी ने भेजी थीं, शायद उतने ही टेलीफ़ोन और मोबाइल फ़ोन कॉल लोगों ने नानी के लिए किये होंगे। अगर किसी और का फ़ोन नहीं आता तो नानी स्वयं ही या किसी से कहकर फ़ोन लगवा लेती। फैले हुए परिवार में बात करने वालों की कमी तो वैसे भी नहीं थी। नाना के रहते हुए हमेशा वही फ़ोन लगाते। नानी की हमेशा ही यह शिकायत रहती कि न तो मुझे बताते हैं कि किसी को फ़ोन किया है और बताते हैं तो बात नहीं करने देते। बजट से सटकर चलने वाले हरीशचन्द्र तिवारी फ़ोन पर भी बात बचत के साथ ही करते थे। नानी की लम्बी बातें उनके बजट से बाहर ही रहतीं। इसलिए अक्सर ही कई बातें नाना को पता होते हुए भी नानी को पता नहीं होतीं। और अगर वह कोई ख़ास बात होती जैसे कि किसी की तबीयत ख़राब होना, कोई पारिवारिक दिक़्क़त या फिर कोई खुशख़बरी तो नानी का खीझना और भी स्वाभाविक हो जाता।

नानी अपनी छोटी बहन प्रेमा से फ़ोन पर बात करने में मशगूल थी और माँ सिपाही की तरह लंच के आयोजन में। दिन का पहला पहर होने को आया था और मैंने कोई ख़ास हरकत अभी तक नहीं की थी। बेमन–सी होकर मैं वापस मीना मौसी के कमरे की तरफ़ चल पड़ी। फैले हुए बिस्तर को देखकर याद आया कि उसी को समेट लूँ और दिन का श्री गणेश करूँ तो सही। बन्दरों की खुरापात का शोर भी अब तक लगभग ख़त्म हो चुका था। पहाड़ों के ढलान पर नज़दीकी घरों के झुण्ड की अगल–बगल की खिड़कियों से छौंक और कूकर की सीटी की आवाज़ें भी फैलने लगी थीं। जो घर अभी तक अलसाये हुए थे, उनको भी एक–एक करके दिन अपने गुज़रने की याद दिला रहा था।

बिस्तर समेटना और लगाना भी किस प्रकार की जटिल प्रक्रिया हो सकती है, यह मैंने विश्वनाथ निकेतन के तिवारी पुरुषों से ही सीखा था। गृहस्थी के काम–नियोजन में औरतों के हिस्से आने वाला एक काम जो नानी ने कभी नहीं किया था, वो था बिस्तर लगाना। शायद नानाजी का कोई अपना फ़ितूर रहा होगा या फिर किसी प्रकार का कंट्रोल। नानी बड़े गर्व से कहा करती थी कि मैंने आज तक कभी बिस्तर नहीं लगाया। नाना का बिस्तर वह केवल सोने के दृष्टिकोण से ही नहीं, किसी प्रकार की दूरदर्शिता के तहत तय किया करते थे। साफ़ और हलके रंग की चादर और उतने ही साफ़ और सफ़ेद रंग के तकिया कवर के अतिरिक्त कोई और व्यवस्था उन्हें मंज़ूर नहीं थी। जैसा तौलिया सरकारी अफ़सरों की कुर्सियों की शोभा बनाये रखता है, उससे छोटा पर उसी सरीखे का एक तौलिया तकिये के दायीं तरफ़ रखना भी आवश्यक था। सिरदर्द और अनिद्रा के शिकार कक्कू के सिरहाने झण्डू बाम ऐसे खड़ा रहता था जैसे राजा के सिरहाने सिपाही। पर नानाजी की असली सिपाही एक भारी–भरकम और लम्बी–सी स्टील की टॉर्च हुआ करती थी जो मोटी–मोटी तीन या चार बैटरियों के सहारे और भी भारी हो जाती थी। इन सारे इन्तज़ामों के बाद एक नाइट बल्ब का होना भी अति आवश्यक था, जैसा कि हिन्दी फ़िल्मों में ऑपरेशन थियेटर के बाहर हुआ करता है। लाल या नीले रंग का। पर नानाजी की रात्रिचर्या की ये तो महज़ औपचारिकताएँ थीं। अगर नींद आ गयी तो भला, नहीं तो वही टॉर्च उठाकर कभी सिर पर बाम या कभी दराज़ से नींद की गोली खाकर ही सफ़ेद तकिये पर तौलिये के बगल में अपना सिर रखकर सो पाते।

चूँकि बिस्तर लगाने के प्रति ये प्राथमिकताएँ केवल कक्कू की ही नहीं, सारे तिवारी पुरुषों का विशेषाधिकार थीं, अलमारी में भरी हलकी रंग की चादरें और तकिये के कवर, दर्जन भर तौलिये और कुछ मोटे बेडकवर्स का बड़ा भण्डार मिलना भी मुश्किल नहीं

था। मैं भी वहीं रहते–रहते कुछ उसी ढर्रे में सोने–जागने लगी थी। अन्तर केवल इतना था कि दिनभर के काम और थकान के बाद तकिये पर सर रखते ही नींद आ जाती थी।

बिस्तर पर पड़ी सिलवटों को सुलझाने के लिए हर कोने से चादर को खींचते–खींचते मैं खिड़की की तरफ़ वाले कोने तक पहुँची। चिट्ठियों से भरा वैनिटी बॉक्स दिमाग़ से भले ही निकल गया था, फिर से नज़र के सामने हाज़िर हो गया। जैसे कि डिब्बा मेरे हाथ नहीं, मैं डिब्बे के हाथों लग गयी हूँ। जैसे उसके अन्दर रखी चिट्ठियाँ हरीश और लच्छी के बारे में नहीं अब मेरे बारे में कुछ फुसफुसा रही हों। चादर का आख़िरी कोना खींचकर सिलवट मुक्त बिस्तर को निहार ही रही थी कि नानी की फटफटाती हुई चप्पलों की आवाज़ कानों पर पड़ी। पता नहीं क्यों पर वैनिटी बॉक्स को खिड़की से लगी ओट से उठाकर मैंने सीधे बिस्तर के ऊपर रख दिया। फिर उसके बगल में जाकर खड़ी हो गयी।

फटफटाती हुई आवाज़ के साथ–साथ नानी भी कमरे के अन्दर आ पहुँची। घर की बनावट ही कुछ ऐसी थी कि हर कमरे की दहलीज़ फ़र्श से लगभग 2.5–3.0 इंच ऊपर उठी हुई थी। उम्र होती हुई लच्छी अब हर कमरे की दहलीज़ भी दरवाज़े के किनारे के सहारे ही लाँघ पाती। ''ये ले मोबाइल'', कहते हुए नानी ने हाथ में पकड़ा हुआ फ़ोन मेरी तरफ़ बढ़ा दिया। ''मुझसे तो बन्द नहीं होता, प्रेमा से बात हो गयी, इसे बन्द कर दे।'' नानी ने बड़ी सरलता से कहा। मैंने नानी से मोबाइल लिया और कॉल कैंसल कर दी। नानी की नज़रें मुझसे हटकर कमरे में भटकते–भटकते शायद बिस्तर पर रखे डिब्बे पर जाकर टिक गयी होंगी। प्रेमा नानी से हुई बात का ब्यौरा देने की जगह नानी ने काफ़ी चुप्पी साध ली थी। नानी को बातों का ब्यौरा देना और सुनना पसन्द था। इसलिए प्रेमा ने क्या कहा और बताया के विषय में जब मैंने कुछ मिनटों तक नानी से कुछ नहीं सुना तो यह साफ़ हो गया कि कोई और बात है जो नानी के ब्यौरे के

आड़े आ गयी थी। जैसे ही मैंने अपनी दायीं आँख की पुतली हरे डब्बे की तरफ़ फिरकाई, मेरी पुतली नानी की फिरकी हुई पुतली से जा भिड़ी।

"बिस्तर से उठा दे नहीं तो चादर पर डब्बे की धूल लग जायेगी," कहते हुए नानी ने मेरी तरफ़ इशारा किया और फिर शायद थकान के मारे या फिर भाव–विह्वल होने की वजह से बिस्तर के कोने पर डब्बे की तरफ़ पीठ करके बैठ गयी। डिब्बा उठाकर मैंने कमरे की दूसरी खिड़की की ओट में रख दिया। खिड़की की हरी सलाखों और हरे पल्लों के सामने उस डब्बे का हरापन बड़े ही अटपटे ढंग से जँच रहा था। या तो मेरी आँखों का खेल था या फिर तरह–तरह के हरे रंगों का, डिब्बा वहाँ बैठे–बैठे कुछ फूला हुआ–सा लगने लगा। मानो भर–भरके साँस ले रहा हो या फिर रोककर बैठा हुआ हो। बिस्तर जिस जगह रखा था, उस जगह थोड़ी धूल भी झड़ गयी थी।

"क्या इसमें बर्थ सर्टिफ़िकेट मिला," नानी के पूछते ही मुझे याद आया कि मैंने दिन की भरी रोशनी में अभी तक डब्बे को टटोला ही नहीं था। जैसे ही मैंने डब्बे की तरफ़ हाथ बढ़ाया, नानी ने बिस्तर पर झड़ी धूल की तरफ़ देखते हुए कहा, "पहले पोंछ तो ले।" ज़्यादातर गृहस्थियों में धूल पोंछने वाले कपड़े का विशेष महत्त्व होता है। पुराने और धिक्कारे हुए कपड़ों में कुछ धूल के, कुछ गीले पोछे के, कुछ गाड़ी साफ़ करने के कुछ केवल रसोई के और अन्य कुछ अनदेखी ज़रूरतों के लिए जिस तरह से रिज़र्व किये जाते हैं, उसे समझ पाना काफ़ी मुश्किल है। हर टुकड़े का अपना विशेष स्थान होता है जिनके वहाँ न मिल पाने की वजह से घर की व्यवस्था लगभग डगमगा जाती है। धूल पोंछने वाला कपड़ा रसोई के बाहर रखी बड़ी–सी टेबल के नीचे वाले शेल्फ़ की बायीं तरफ़, कॉलिन की आधी भरी बोतल के बगल में रखा हुआ मिल जाये, ऐसी आशा के साथ मैं उसे लाने चली गयी।

हाथ में कपड़ा लेकर वापस लौटी तो नानी ने तकिये को जगह पर रखकर, बिस्तर को मोटी वाली चादर उड़ाकर, उसे सलीक़े से सजा दिया था। नानी भले ही कितने भी और काम कर ले, जब बिस्तर बनाती थी तो ऐसा लगता था कि यह वह ठीक से नहीं कर पायेगी। एक अजब तरह की निराशा भी होती थी और ग्लानि भी। हथेली से दबा–दबाकर और उलटी तरफ़ खींच–खींचकर नानी बची–खुची सिलवटों को भी सुलझा रही थी। मेरे हाथ में धूल का कपड़ा देखकर, सुलझी हुई चादर के ऊपर बैठ गयी, इस बार डब्बे की तरफ़ मुँह करके।

धूल वाला कपड़ा भी शायद नानी की किसी पुरानी सूती साड़ी का टुकड़ा ही था। पहले ढक्कन की सतह पर और फिर डब्बे को दायें–बायें घुमाकर, ऊपर नीचे करके बची–खुची धूल भी साफ़ हो गयी। डब्बे का हरा रंग थोड़ा और चमकने लगा। जैसे कि मैंने केवल धूल नहीं हटायी हो, पॉलिश भी कर डाला हो। जितनी देर मैं धूल साफ़ कर रही थी उतनी देर नानी बड़ी तल्लीनता से डब्बे की सतह पर रगड़ते कपड़े और मेरे हाथों को नाचते देख रही थी। जैसे कि नज़रों से हामी भर रही हो। अपनी साड़ी का पल्ला अपने बिना पल्ले वाले कन्धे पर कसते हुई लच्छी की आँखें मेरे हाथों के साथ–साथ डब्बे के बटन के पास आ टिकीं। मेरे या नानी के बिना कुछ कहे डब्बे को उठाकर मैंने नानी की बगल में बिस्तर के ऊपर रख दिया। ख़ुद भी उसके बगल में बैठकर एक ही झटके में बन्द डब्बे का बटन दबाकर, उसका ढक्कन भी उठा दिया। नानी के बगल में खुला डिब्बा और खुले डब्बे के बगल में मैं। जैसे तीनों एक–दूसरे की उपस्थिति का एहसास कर रहे हों।

खुले हुए डब्बे से उसके रहनुमा झाँक रहे थे और नानी उनकी ओर झांक रही थी। "तुम्हारे पास उस ज़माने में भी वैनिटी बॉक्स था नानी?" मैंने थोड़े आश्चर्य के साथ पूछा। नानी ने उतनी ही सामान्यता से कहा, "शादी में मिला था या कक्कू लाये थे कभी,

अब तो यह भी याद नहीं। थोड़ा बहुत सामान भी था। बिन्दिया, सिन्दूर का डिब्बा, क्रीम वग़ैरह। जाने कहाँ गया सब।'' श्रृंगार के नाम पर मैंने नानी को सिर्फ़ माथे पर बिन्दी और कभी–कभी माँग में सिन्दूर डाले ही देखा था। तो वैसे भी यह श्रृंगार–पिटारा नानी के ज़्यादा का काम नहीं रहा होगा।

''वैसे तो चिट्ठियों के अलावा कुछ और दिखाई नहीं पड़ रहा है।'' नानी बोली और उन्हें ऊपर–नीचे करने लगी। छोटे पाँव वाली लच्छी के हाथ भी उतने ही छोटे थे। लिफ़ाफ़ों को उलट–पुलट करते हुए वह छोटे हाथ उन्हीं में गुम भी हो जा रहे थे। एक आध लिफ़ाफ़े को कुछ और जानकर बाहर निकाला भी तो उन पर कक्कू की मोतीदार लिखावट देखकर नानी के चेहरे पर निराशा और मेरे चेहरे पर जिज्ञासा चमकी थी। बड़े चेहरे पर बड़ी आँखों और छोटी नाक वाली लच्छी के मन में वाक़ई में क्या चल रहा था, यह जान पाना मुश्किल था।

यह तो साफ़ हो गया था कि नानी का जन्म प्रमाण–पत्र इस ढेर में नहीं था। सारे लिफ़ाफ़े ऊपर–नीचे हो चुके थे। वैनिटी बॉक्स में केवल लिफ़ाफ़े ही लिफ़ाफ़े थे। वे भी सिर्फ़ कक्कू की लिखाई में। ''यहाँ तो सिर्फ़ कक्कू की चिट्ठियाँ हैं,'' नानी थोड़ी परेशानी और शायद उतनी ही राहत के साथ बोली। ''हाँ, काफ़ी सारी हैं और काफ़ी पुरानी भी लगती हैं,'' मैं अपना आश्चर्य छिपा नहीं पायी। ''तुमने जवाब में कोई चिट्ठी नहीं लिखी, सब तो तुम्हारे नाम ही हैं,'' मैंने नानी के चेहरे की ओर देखते हुए कहा। ''मैंने सँभाल कर रखीं सारी, मेरी वाली कहाँ गयी, मुझे क्या पता?'' नानी ने थोड़ा दुविधा के साथ कहा। ''तो तुमने सब सँभालकर क्यों रखी?'' नानी ने मेरे सवाल का जवाब नहीं दिया। केवल चिट्ठियों की तरफ़ देखती रही।

''सारी पढ़ेगी?'' एक बार फिर नानी के मुँह से निकले सवाल ने मुझे चेताया। जैसे कि नानी तय कर चुकी थी कि मैं उन चिट्ठियों को पढ़ना तय कर चुकी हूँ। दुविधा का जो हिस्सा मेरे

मन में पिछले दिन से अलसाया हुआ–सा था, वह उठ खड़ा हुआ। जितनी लापरवाही से मैंने अल्मोड़ा में रहने के शुरुआती दिनों में कभी यह नहीं सोचा था कि इस शहर और इसके लोगों के प्रति मेरी वफ़ादारी हो पायेगी, उतनी ही लापरवाही से मैंने कभी यह भी नहीं सोचा था कि विश्वनाथ निकेतन की गुज़री पीढ़ियों के प्रति मेरा कोई निजी समन्वय बन पायेगा कि नहीं। बड़े परिवारों की पारिवारिकता में अक्सर ही रिश्ते भी भेड़चाल में बन और सिमट जाते हैं। उनमें निजता की कम और नक़ल की गुंजाइश ज़्यादा होती है। ननिहाल होने के नाते अल्मोड़ा और विश्वनाथ निकेतन मेरे जीवन का हिस्सा ज़रूर थे। पर लखनऊ में बीते बचपन या दिल्ली में पनपी वयस्कता या फिर लन्दन में बिखरी दोस्ती और अमेरिका में बसती पढ़ाई जैसी अन्तरंगता उसमें नहीं थी। हरीश और लच्छी के नाना और नानी होने के दर्जे का प्यार और आदर तो उनके हिस्से था ही। पर अल्मोड़ा में गुज़रते समय के साथ–साथ वे नाना–नानी के अलावा कई और किरदारों में मुझे दिखाई पड़ने लगे। इन कहानियों में, लोगों की स्मृतियों में, घर की छत और दीवारों में जो किरदार लच्छी और हरीश निभा रहे थे, उनसे मेरा रिश्ता केवल नाना–नानी का ही नहीं, अल्मोड़ियत का भी हो चला था।

अगर पड़ोस में हरीश के केस ठोंकने से अनमनाये हुए लोग मिले थे तो लाला बाज़ार की दुकान में उन्हें गुरु मानने वाले भी। अगर निचली मंज़िल में रहने वाली देवरानियों से लच्छी के सहायक होने के क़िस्से सुनने को मिले थे तो रिश्तेदारों से उसके भीरूपन के भी। अगर हरीश की खुखरी देखकर उनके गर्म मिज़ाज की याद ताज़ा हो गयी थी तो लच्छी का सरौता देख उसकी बुरी आदतों की भी। अगर स्टोर के बक्से में लच्छी की शादी का जोड़ा मिला था तो हरीश द्वारा पिथौरागढ़ से लाया गया थुलमा भी। अगर लकड़ी की बिखरती हुई अलमारी में लच्छी के भजनों की डायरी मिली थी, तो मन्दिरों और पूजा से दूर

भागते हरीश की कुछ चालीसाएँ भी। अगर हरीश के पोथे–पोथे सरकारी काग़ज़ात हाथ लगे थे तो लच्छी द्वारा सँजोयी चिट्ठियाँ भी। जिस शहर और जिस घर में मैं यह समझकर रहने आयी थी कि जाने की तैयारी भी उतनी ही तुरन्त कर लूँगी जितनी आने की, वहाँ के गली–किनारे और वहाँ की छत–दीवारें मेरी दुनिया के अन्दर एक दुनिया बन गयी थीं।

इसलिए जब नानी ने बड़े आसान से शब्दों में यह सवाल पूछ लिया कि "सारे पढ़ेगी?" तो दो मन हुए। एक मन तो लालच से भरा हुआ जो झट से हाँ कहने के लिए तैयार था। पर दूसरा मन, पहले मन को घेरे हुए उसकी पहरेदारी कर रहा था। केवल हाँ कहना तो बेईमानी होगी क्योंकि लालच के साथ–साथ दिल में एक प्रकार की फ़िक्र भी घर कर गयी थी। इन चिट्ठियों में न जाने कौन–से कक्कू–चाची हैं, कौन–से हरीश–लच्छी? अगर डब्बे पर ठहरी धूल की परत पोंछने भर से ही इतनी असमंजस हो चली थी तो इन काग़ज़ों की परतें न जाने और कौन–कौन–सी परतें खोलेंगी? कई चीज़ें परतें चढ़ा–चढ़ाकर ही आकार ले पाती हैं। क्या बिन परतों वाले निराकार आभास से मैं फिर से वे परतें खींच पाऊँगी?

शायद नानी ने मुझसे यह सवाल जवाब पाने के लिए पूछा ही नहीं था। जितनी आसानी से नानी ने मुझसे यह सवाल पूछा था, उतनी ही आसानी से वह बिस्तर से उठकर कमरे से बाहर जाने लगी। "तेरे नहाने का पानी तो मैं बहुत पहले ही लगा आयी थी, अब तक तो बहुत गर्म हो गया होगा," कहते–कहते नानी कमरे से बाहर भी हो गयी। बचे फिर मैं और मेरे बगल में बैठा वह डिब्बा। उसी दुविधा में बिस्तर पर टिकी रही और लम्बी आह भरने के लिए नाक फुलायी और कन्धे उचकाये ही थे कि नानी लौटकर कमरे के दरवाज़े तक आयी और बोली, "पढ़ने हैं तो पढ़ ले।" शायद मेरे चेहरे पर मुस्कुराहट का आकार होगा या फिर आह भरते–भरते कोई सन्तोष, नानी मेरी तरफ़ देखती

हुई मुस्करायी और फिर पाँव फटफटाते हुए पलटकर चली गयी। इस बार मैं ज़रूर मुस्करायी होंगी क्योंकि खिसकते हुए सूरज की खिड़की से आती हुई खिसकती हुई रोशनी तेज़ी से आकर सीधे वैनिटी बॉक्स के खुले हुए मुँह पर चमकने लगी। आधी भरी हुई आह मैंने गहरी आवाज़ के साथ बाहर छोड़ी और डब्बे को बन्द करके वापस खिड़की की ओट में रख दिया।

विचित्र किन्तु सत्य

महानगरों और अन्य बड़े शहरों में सुरक्षा के पैमाने अल्मोड़ा जैसे छोटे शहरों से थोड़े अलग होते हैं। जहाँ बिरादरियों से जुड़–जुड़कर मोहल्ले और मोहल्लों से जुड़–जुड़कर शहर जैसा कुछ बन गया हो, वहाँ आस–पड़ोस में अनजाने कम, रिश्तेदार ज़्यादा रहते हैं। मोहल्लों के नाम केवल उनके भौगोलिक नाम से नहीं, उनकी पीढ़ी–दर–पीढ़ी के रहनुमाओं के परिचय से भी होते हैं। गल्ली के जोशी, चम्पानौला के पाण्डे, सुनारीनौला के पन्त। जैसे एक शहर के अन्दर ही कई शहर बसे हों, और इन शहरों में आते–जाते रिश्ते भी बन ही जाते हैं। भले ही विश्वनाथ निकेतन में मैंने इतना ही समय बिताया था जितना कि किराया बढ़ने से पहले घर बदल लेने वाला कोई भी किरायेदार, नाना–नानी और उनके परिचय से मैं इस शहर की नागरिक भी बन गयी थी।

पर यह नागरिकता जितनी लचीली दीख पड़ती है, उतनी थी नहीं। अल्मोड़ा को लखनऊ, दिल्ली, लन्दन या न्यूयॉर्क में बैठे देखकर मैं उसे आंचलिक ज़रूर करार कर सकती थी। पर वह आंचलिकता मेरे अपने तथाकथित कॉस्मोपॉलिटनिज़्म को जिस तरह की चुनौतियाँ देती, वह मेरी अध–कच्ची शहरी रूह को झकझोर देती। अगर विश्वनाथ निकेतन से बीस क़दम की दूरी पर विश्व हिन्दू परिषद् का व्यस्त कार्यालय था, तो उसकी सड़क पर फिरते हुए आधा दर्जन मार्क्सवादी भी। बाज़ार में रघुनाथ मन्दिर वाले रास्ते की लगभग शुरुआत में शहर की

मुख्य मस्ज़िद थी। जौहरियों की जेवर की दुकानों से लगा हुआ शिल्पकारों का टमटा मोहल्ला भी। अंग्रेज़ों के समय के गिरिजाघर, स्कूल और कचहरी भी और स्वामी विवेकानन्द का आश्रम भी। सुबह से शाम माथे पे टीका–चन्दन लगाये हुए पण्डित भी और शाम के समय बन्द दुकानों के सामने लोटते हुए शराबी भी। एक या दो नहीं, तीन–चार एम.ए. किये हुए बेरोज़गार नागरिक भी और नौकरियाँ छोड़कर वापस आने वाले कलाकार भी। विद्वान, विशारद और विवेकी भी और पगले, लाटे और खपती भी।

इन सबके परिचय के साथ–साथ कई परिचय बनने–बदलने लगे। कभी लाला बाज़ार की सीढ़ियों पर चढ़ते हुए तो कभी जाखनदेवी मोहल्ले से एडम्स कॉन्वेंट के सामने खुलनी वाली खड़ी चढ़ाई पर–बातचीत करने वाले प्राणी अनायास ही मिल जाते। कई तो दूर से देखते ही, हाँफती हुई आवाज़ में ही सही ''भल हैरो''? (ठीक हो) का सवाल नियम एवं आग्रहपूर्वक पूछ ही लेते। कई पास आने तक केवल मुस्कराते और आशा करते कि आप भी इस प्रथा रूपी काम को उतनी ही ख़ुशी से निभायें। ऐसा न होने पर कटाक्ष सहित खेद का ब्रह्मास्त्र फट से निकाल मारते–''भौत ही बिजी हैरो? इत्तुल बिजी तो प्रधानमन्त्री ही हैरो''। मौसम और प्रादेशिक राजनीति पर दुनियाभर को पता होने वाली बातों का रिपीट टेलीकास्ट पुरुषों से बात की विशेषता और परिवार, महँगाई और आने वाले या बीते त्योहार के बारे में विनम्र बात–महिलाओं से बातचीत की विशेषता।

'विचित्र किन्तु सत्य' वाली इस नागरिकता में खपती एक विशेष प्राणी है। सरलता से समझें तो एक ऐसा प्राणी जो कोई भी काम अधिकता में करे। अल्मोड़ा में मेरे हिस्से में अधिक बोलने वाले खपती कुछ ज़्यादा ही आ पड़े। जो लगातार बोलें, और बहुत बोलें। कहीं भी, कभी भी, किसी भी विषय पर। कभी उनको अनायास जोड़ते हुए, कभी उनके बीच से गुज़रते हुए, कभी उन्हें मोड़ते–टटोलते हुए। इस पूरी प्रक्रिया में सबसे आवश्यक है उनका

बोलते रहना। खपत एक धर्म है, जिसका निर्वहन मन्दिर, मस्जिद की जगह, चाय की दुकानों पर, ढलती हुई शाम की बैठक में, चार बजे के बाद ऑफ़िस में और अवकाश के अवसर पर दिनभर होता है। यह धर्म रूढ़िवादी भले ही न हो परन्तु कठिन अवश्य है। अनेकानेक विषय पर बोलते रहना या फिर बीच–बीच में चुटकुले, गाने, शेर–ओ–शायरी पिरो देना, ऐसे हुनर के प्रतिभागी होना भी काफ़ी चमत्कार की बात है। जैसे कि सितम्बर 2014 में शहर के सर्वश्रेष्ठ खपती नागरिक मोत दा को इस श्रद्धांजलि में साफ़ दिखाई पड़ता है–

''गाँव वाले बताते हैं कि करीब बीस वर्ष की उम्र में मोत दा चंचल हो गये। ताउम्र न तो उन्होंने नौकरी की और न ही काम–धन्धा। वह 'लहर–लहर लहराये दुपट्टा प्यारा' गीत भी लोगों को सुनाते थे और इसके बाद ज़ोर–ज़ोर से हँस जाते थे। मोत दा ने कभी किसी के साथ अभद्रता नहीं की। क्षेत्र के बी.डी.सी. सदस्य बताते हैं कि मोत दा की याददाश्त तेज़ थी। उन्हें प्रधानमन्त्री, राष्ट्रपति और जनप्रतिनिधियों के नाम याद रहते थे।''

मोत दा को मैं तो बहुत कम देख पायी थी पर उनकी और उन जैसे कई खपतियों की याद में ही मैंने लिख डाला था–

''कुछ खपत से, कुछ फसक से
कभी चाय तो कभी नीबू की ललक से
दर्जन दाज्यू[1] और डेढ़ किलो शक्कर से
शरोकार है जीवन मेरा, अल्मोड़िया के हुनर से

चाहे वो खपती टाइम–बेटाइम दरवाज़े पर खटखटाने वाला या तेज़ बारिश की तूफ़ानी शाम को चाय की ललक में घर पहुँचने वाला सेंट्रल इंडस्ट्रियल ट्रेड यूनियन (सी.आई.टी.यू.) का वफ़ादार कार्यकर्ता हो या फिर सब्ज़ी बेचते–बेचते अपने घर के

1. कुमाऊँनी में बड़े भाई को तथा अपने से बड़े किसी पुरुष को आदरपूर्वक 'दाज्यू' कहते हैं।

तमाम सदस्यों के जन्मदिन, सालगिरह या उम्र गिनाने वाला बाज़ार में बैठा दुकानदार। अगर सी.आई.टी.यू. वाला खपती 'आजा मेरे पास दूध नहीं है' की गुहार सुनने पर यह कह दे कि 'तो क्या हुआ, मैं ले आता हूँ' मेरी स्थिति और भी पेचीदा बना देता तो सब्ज़ी बेचने वाला खपती मूली कहते–कहते थैले में शलगम डाल देता। बाज़ार में दो भाइयों की दुकान के काउंटर के बीचोंबीच काला शीशा मात्र ही उनकी दुकान का बँटवारा करने में भले ही क़ायम हो गया हो, ख़रीददारी करने वालों के लिए खपती भाई के काउंटर पर न खड़े होते हुए भी उसकी खपती सवालों की लिस्ट को नज़रअन्दाज़ करना बड़ा मुश्किल हो जाता। "लखनऊ कब जा रही हैं? ट्रेन से? कौन–सी? ए.सी. या नॉन ए.सी.? कौन–सी बर्थ? टिकट कंफ़र्म हो गया? बुक कैसे कराया–लाइन में या ऑनलाइन में?" जितनी थकान बाज़ार सीढ़ियाँ ऊपर–नीचे करने में नहीं होती थी, उससे कई ज़्यादा सवालों को ऊपर–नीचे करने में हो जाती। दुकानदार से बच जाइए तो डॉक्टर से कैसे? मशहूर पर खपती डॉक्टर साहब के पर्चे में इतनी डिग्रियाँ सजी हुई हैं कि उनसे मेडिकल सर्टिफ़िकेट बनवाने में यह डर लगा रहता है कि कहीं कोई नक़ली ही न समझ ले। केमिस्ट की दुकान को कुछ घण्टे के लिए क्लीनिक में तब्दील कर देते। चलते–फिरते ईनो, विक्स, पुदीन हरा ख़रीदते हुए ग्राहकों के सामने टूटी हड्डी से लेकर कब्ज़, पीलिया और मलेरिया का इलाज करते–करते जीवन दर्शन का ज्ञान भी दे देते। गाँव से आयी हुई महिलाओं को बतलाते कि अपने पति से ईलू–ईलू बोलने का आग्रह करें। और पढ़े–लिखों के लिए पर्चे पर बीमारी की वजह समझाते–समझाते उनका जन्म–पत्र और बायोडाटा ही बना डालते।

प्रादेशिक या राष्ट्रीय ख़बरें ही नहीं, अन्तरराष्ट्रीय ख़बरों का जो विश्लेषण लाला बाज़ार के रास्तों पर होता है, वह बड़े से बड़े न्यूज़रूम में भी नहीं होता। चाहे वह सीरिया के 'सुल्तान' के बारे

में हो या फिर इंग्लैण्ड के 'भयानक' पाउण्ड के बारे में। नेपाल की 'भयंकर' ग़रीबी के बारे में हो या फिर चीन के चमत्कारी विकास के बारे में। जिस शिद्दत से पाकिस्तान के बारे में चर्चा होती थीं, वह भले ही अनोखी न हो उसकी एक विशेषता अवश्य थी। बात–बात पर आपको कोई–न–कोई यह ज़रूर याद दिला देगा कि पाकिस्तान के पहले प्रधानमन्त्री श्री लियाक़त अली ख़ान का ब्याह जिन श्रीमती राना लियाक़त अली ख़ान से हुआ था, वह शादी से पहले अल्मोड़ा की शीला आइरीन पन्त कहलाती थीं। उनके पिता उन्नीसवीं शताब्दी के आख़िरी दशकों में ईसाई बने कई कुमाऊँनी ब्राह्मणों में से एक थे–मेजर जनरल हेक्टर पन्त। ये भी कोई कम बात नहीं थी कि अल्मोड़ा के मोहल्ले वाली आइरीन ही मादर–ए–पाकिस्तान कहलायीं।

ये कम हो तो दुनिया में नाम करे हुए, अल्मोड़ियों की लिस्ट जैसे अल्मोड़ा की हवा में घुली हुई थी। चाहे वो मशहूर अमेरिकी मॉडल एवं अदाकारा उमा थरमन के कसारदेवी में बिताये हुए बचपन के कुछ साल हों या फिर उसी कसार देवी में बीट्ल्स बैंड का बिताया हुआ समय। चाहे वो बैक्टीरिया की खोज करने वाले रॉनल्ड रॉस हों या फिर स्वयं पण्डित नेहरू, महात्मा गाँधी, स्वामी विवेकानन्द या रवीन्द्रनाथ टैगोर। भले ही वह संविधान से जुड़े गोविन्द बल्लभ पन्त हों या फिर साहित्य से जुड़े सुमित्रानन्दन पन्त। चाहे वह 'कौमी' पी.सी. जोशी हों या फिर भगवा मुरली मनोहर जोशी। शायद अल्मोड़ा के खपतियों ने यह ठान ली थी कि इन सब हस्तियों के अल्मोड़ा लिंक के मिले–जुले एहसास और प्रभाव को वह अपनी खपत से ज़िन्दा रखेंगे। इस समर्पण से जितना गुरूर था, उतनी ही श्रद्धा भी। जितना विश्वास था उतना ही आलस्य भी। अगर ड्राइवरी करता हुआ डबल एम.ए. ड्राइवर आपको नौकरी ढूँढ़ने के कई तरीक़े सुझा सकता था तो उतनी ही वजहें भी कि उसे वह नौकरी क्यों नहीं मिली। अगर दूध ख़रीदते–ख़रीदते क्लाइमेट चेंज पर काफ़ी ठोस चर्चा हो

सकती थी तो देवी–देवता के सम्मान में लगाये "जागर[1]" की कहानियों की भी।

शायद इसी अल्मोड़िया खपत का शिकार नानाजी भी हो चले थे, आख़िरकार थे तो वह भी अल्मोड़ा के ही नागरिक। बचपन में गर्मियों की छुट्टियों के दौरान अगर कभी–कभी नानाजी के साथ बाज़ार जाने का मौक़ा लगता तो ख़ुशी भी होती और झिझक भी। उलटे कब गुस्सा आ जाये और वह किससे भिड़ पड़ें उसका अन्दाज़ा लगाना मुश्किल था। वैसे भी एक–दो दफ़ा मेरा हाथ पकड़कर वह मुझे अल्मोड़ा की नगरपालिका तक ले जा पहुँचे थे। वहाँ पर एक हाथ से मेरा हाथ पकड़कर और दूसरे हाथ से अपनी लट्ठी को नगरपालिका कार्यालय की बिल्डिंग की तरफ़ उठाकर ज़ोर–ज़ोर से कहते–"यह नगरपालिका नहीं, नरकपालिका है, नरकपालिका।" मुझे काटो तो ख़ून नहीं। बाज़ार की हलचल और टॉफ़ी, चॉकलेट का लालच भूलकर मैं सड़क पर आते–जाते लोगों से आँखें चुराने की भरपूर कोशिश करती। अगर शुरू–शुरू में अल्मोड़ा शहर के प्रति खपत ने उन्हें डुबाये रखा तो बाद में क़ानूनी कार्यवाहियों ने।

मेरे अल्मोड़ा पहुँचने के कुछ समय बाद ही ज़्यादातर लोगों को पता चल गया था कि विश्वनाथ निकेतन के ताले खुल गये हैं। धीरे–धीरे मेरे उन काफ़ी लोगों से निजी सम्बन्ध बनने लगे जिन्हें मैं सिर्फ़ नाना–नानी के जीवन के हिस्से के रूप में जानती थी। चाहे वह नानाजी के ऑफ़िस में कार्यरत कोई पुराना कर्मचारी हो या फिर नानी की कहानियों के किरदार। अल्मोड़ा के रहने वालों के साथ–साथ जिसमें कई लोगों ने अल्मोड़ा की ओर कई सालों से रुख़ नहीं किया था, वो भी एक–एक करके वापस विश्वनाथ निकेतन के दरवाज़ों तक पहुँचने लगे। जिन यादों के साथ मैं वहाँ अपना समय नाप रही थी, उनमें कई और यादों का पुलिन्दा भी जुड़ने लगा।

---

1. जिसे आमतौर से जागरण कहते हैं, उस सभा को कुमाऊँनी में 'जागर' कहते हैं।

अल्मोड़ा में मेरा ज़्यादा समय उसी बिल्डिंग में बीतता, जिसके निर्माण पर बड़े नाना और नाना ने मुक़दमा ठोंका हुआ था। शहर में यह बात तो थोड़ी अचरज की थी ही। संस्था के निदेशक ललित पाण्डे और मेरी पहली मुलाक़ात पर यह तो ज़ाहिर था कि न ही उन्हें और न ही मुझे अपने परिवारों की क़ानूनी लड़ाई से कोई फ़र्क़ पड़ने वाला था। पर काफ़ी सहजता से उन्होंने मुझे यह भी समझा डाला था कि "हो सकता है कि न तुम्हें दिक़्क़त हो और न ही मुझे, पर यह अल्मोड़ा शहर है, यहाँ काफ़ी और लोगों को परेशानी हो सकती है।" कमाल की बात तो यह रही कि मज़ाक़ और चुटकुलों के अलावा मुझे उस विषय पर कभी भी कोई ख़ास तंज नहीं झेलना पड़ा। मेरे ऑफ़िस में अच्छा मज़ाक़ बन पड़ा था कि मैं किसी जासूसी मिशन के तहत ही अल्मोड़ा पहुँची थी। एक दिन ऑफ़िस से मुक़दमे के कागज़ बटोरकर रफ़ूचक्कर हो जाऊँगी।

उन कागज़ों पर तो मेरी नज़र कभी नहीं पड़ी। एक शाम जब दिन का उजाला लगभग ढल ही चुका था तब मेन दरवाज़े की घण्टी बजी। निचली मंज़िल में रहने वाली प्रेमा चाची की बेटी नमिता जाली के दरवाज़े के बाहर हाथों में फ़ाइलों का ढेर लेकर खड़ी हुई थी। अन्दर आते ही बोल पड़ी कि वकील साहब ने भेजी हैं। थोड़ी देर तो मुझे यह समझने में ही लग गयी कि कौन वकील साहब? जब समझ आया कि नानाजी के वकील साहब तब यह समझ नहीं आया कि भला उन्होंने मेरे पास ये सारे कागज़ क्यों भेज दिये? नमिता ने समझाया–वकील साहब की मृत्यु हो गयी थी और उनकी बहू उनके सारे कागज़–फ़ाइलों की सफ़ाई कर रही थी। चूँकि नमिता वकील की बहू के साथ ही पहाड़ी कलाकारी का काम किया करती थी, उसके हाथों ये फ़ाइलें अब मुझ तक पहुँच गयी थीं। बैठक के कोने में रखी छोटी टेबल पर नमिता ने फ़ाइलें रखीं और वापस नीचे की ओर चली गयी। अगर यह कम नहीं था कि समय–समय पर मुझे काफ़ी

अटपटा लगता था कि नानाजी को कभी पता ही नहीं चला कि मैं अल्मोड़ा में उनकी क़ानूनी जंग में भंग डाल चुकी थी, तो अब और भी अटपटा कि इन फ़ाइलों का ढेर मुझे ताड़–ताड़कर रोज़ वही एहसास कराना नहीं भूलेगा। नानाजी के खपत का भूत मुझ तक पहुँच ही गया था, मेरे बुलाये बिना।

जहाँ नानी का वैनिटी बॉक्स मेरे बगल में बैठा इठला रहा था, वहीं वह फ़ाइलें मैंने कपड़ों से भरी लकड़ी वाली अलमारी के नीचे वाले शेल्फ़ में बन्द कर दी थीं। उनके पहले कुछ पन्ने पलटते हुए ही मुझे एहसास हो चला था कि बात तूल कैसे पकड़ती है। शुरू–शुरू के पत्राचार में जो परस्पर प्रेम, आदर और सहानुभूति की झलक थी, वह काफ़ी जल्द ही क़ानूनी भाषा के कड़वेपन से ढँक गयी थी। उसके बाद तो दोष मढ़ने से लेकर जासूसी और क़ानूनी अवहेलना से लेकर बेवफ़ाई तक जिन–जिन इल्ज़ामों की गिनती हो सके, वह कम है। मैंने इस मुक़दमे की डिटेल्स में कभी भी बहुत ज़्यादा रुचि नहीं जताई थी। मुझे हमेशा इस बात का काफ़ी रोष था कि नानाजी उसके अलावा किसी और बात में रुचि ही नहीं रखते थे। उनकी खपत उनके जीते जी मुझे उनसे दूर करती रही और उनके जाने के बाद, उनके पास। उन कुछ पन्नों को पलटने के साथ–साथ ही ऐसा लगा था कि जितना पता था उससे ज़्यादा जानकर करूँगी भी तो क्या? कहीं खपत का भूत मेरे बगल में ठहर ही न जाये, इसलिए उसका बन्द रहना ही मुनासिब था।

पर इस वैनिटी बॉक्स में भी शायद उसी खपत के कई और नमूने थे। जो हरीश वकील साहब की अलमारी में बन्द था क्या वही हरीश के इस डब्बे में भी? जो लक्ष्मी अलमारी वाले हरीश की क़ानूनी खपत की सारे बुढ़ापे में भी जवानी जैसे सरकारी जुनून की भागी रही थी क्या वो लक्ष्मी इन भतेरी चिट्ठियों की खपत से भी उतनी ही परेशान थी?

अपना एक अलग फ़ोटो खिंचवाकर भेज सकोगी?

दोपहर का आलस्य काफ़ी खतरनाक होता है। वो भी रविवार की दोपहर वाला। उससे समझौता नहीं किया तो पूरा दिन उसी के हवाले। माँ के हलके और नानी के भारी खर्राटों के बीच वैसे भी ज़्यादा देर रहने से विचलित होने का डर भी था। दोपहर का सन्नाटा रात के सन्नाटे से अलग होता है। रात में तो सन्नाटे की अपेक्षा होती ही है। दिन ढलने के साथ–साथ आवाज़ों का ढलना भी निश्चित होता है। पर दोपहर का सन्नाटा जितना अचानक आता है, उतनी ही अचानक चला भी जाता है। दिन के बीच में दिन का रुकना–छोटे शहरों के टाइम–टेबल में जैसे पॉज़ का बटन दब गया हो। उनींदी आँखों और दबे पाँव से मैं दोपहर के सन्नाटे की गरिमा बनाये हुए इस कमरे से वापस अपने कमरे की ओर चली गयी।

सब कुछ अपनी–अपनी जगह पर ठीक लग रहा था। हफ़्तेभर से बन्द खिड़की के पास, लकड़ी के रेडियो के बगल में रखा हुआ वो वैनिटी बॉक्स भी। भले ही हफ़्तेभर पहले उसकी जगह पूरे एक फ्लोर से फ़र्क़ थी। पर अब वह और रेडियो जैसे दो दोस्तों की तरह रोज़ उसी जगह पर अड्डेबाज़ी कर रहे थे। शायद उनकी उम्र भी एक–दूसरे जितनी ही होगी। शायद बहुत अरसे बात मिले हों एक–दूसरे से। या फिर पहली बार। मैं बिस्तर के उस कोने पर, डबल रुई के गद्दों पर जाकर बैठ गयी जो इस बन्द खिड़की के पास था। हाथ वैनिटी बॉक्स की तरफ़ किया और उँगलियों और अँगूठे के बीच उसका हैंडल पकड़कर अपने बगल में लाकर रख लिया। जैसे किसी अनजाने से दोस्ती करने की पहल का एहसास होता है, वैसा ही कुछ मुझे भी होने लगा।

रविवार की उस दोपहर एक बार जो मैंने वैनिटी बॉक्स खोलकर पहली चिट्ठी निकाली तो उसके बाद हाथ और आँखें रुकी ही नहीं। जुलाई 1955 में काशीपुर से नैनीताल, सितम्बर 1959 में रानीखेत से सीतापुर, 1965 में मेरठ से आगरा, 1976 में लखनऊ में अल्मोड़ा। मानो पत्रों का जाल बिछा के रखा हो। प्रिय, प्रियतमा, प्राण प्रिये प्यारी से शुरू कर तुम्हारा, सिर्फ़ तुम्हारा पर रुककर, लगभग हर चिट्ठी का नक्शा एक जैसा था। 1955 में हुई शादी से लेकर 1976 तक के फूलते–फलते परिवार के हिस्से, हरीश और लक्ष्मी ने इन चिट्ठियों में अपने लिए ऐसी भाषा गढ़ ली थी कि वह भाषा शायद इन शब्दों और चिट्ठियों तक ही सीमित रह गयी थी। जिस उतावलेपन से मेरी नज़र इन चिट्ठियों के पन्नों पर दौड़ रही थी, उससे कहीं ज़्यादा उतावलेपन से ये चिट्ठियाँ लिखी हुई मालूम पड़ रही थीं। जितने अटपटेपन से मैं लिफ़ाफ़ों को खोल–खोलकर उसमें से चिट्ठियाँ निकाल रही थी, शायद उससे भी ज़्यादा अटपटेपन से लच्छी ने सबसे अलग होकर यह चिट्ठियाँ पढ़ी होंगी। देर रात और कभी रात–रातभर जागकर। जिस मेहनत से हरीश ने ये चिट्ठियाँ लच्छी के नाम लिखी थीं, वह मेहनत केवल इन चिट्ठियों के ढेर से ही नहीं, चिट्ठी में चुने शब्दों में भी जान पड़ रही थी।

ज़्यादातर ख़ुद को हाइडेल इंजीनियर बताने वाले श्रीमान हरीशचन्द्र तिवारी पत्रों में कोई और ही भूमिका निभा रहे थे। कभी ख़ुद को निकम्मा बतलाते तो कभी प्रेमी। कभी लच्छी द्वारा दी गयी उपन्यासकार और कवि की उपाधि को अपनाते तो कभी नकार देते। कभी इन्तज़ार के आनन्द को तवज्जो देते तो कभी 'वस्ल–ऐ–यार' को। कभी लच्छी के वापस पत्र न लिखने पर उसे निष्ठुर ठहराते तो कभी उससे पूछते कि "भला लेखनी रोज़ क्यों कर अटकाती है।" कभी मज़ाक़ के साथ बतलाते कि "आज्ञानुसार चाय पहले से बहुत कम कर दी है, 12 कप से ज़्यादा दिनभर में नहीं पीता हूँ" तो कभी आग्रहपूर्वक कहते "अपना एक अलग

फ़ोटो खिंचवाकर भेज सकोगी?'' कभी अकेलेपन को भगाने के लिए सिगरेट और किताब की सराहना करते तो कभी आश्वासन देते कि ''सिगरेट की आज्ञा जनाब से नहीं मिली अस्तु शुरू भी नहीं की–गम ग़लत करने का दूसरा उपाय जनाब ने नहीं लिखा, कृपया सूचित करने का कष्ट करें।'' और एक शिकायत लगातार करते रहते–''मैं तुम्हारे पत्र की प्रतीक्षा किस प्रकार कर रहा हूँ, शायद ही तुम समझ सकोगी।''

चिट्ठियाँ इतनी सारी थी कि मैं जितनी पढ़ती, वे और भी ज़्यादा लगतीं। सफ़ेद, पीले, हल्के हरे और नीले काग़ज़ों पर हरीश की मोती जैसी लिखावट पन्ने के शुरू से लेकर अन्त तक सीधी–सीधी दिशा में एक के बाद एक लाइन में बनी हुई थी। शायद काग़ज़ की कमी थी या फिर हरीश की किफ़ायत, बायीं तरफ़ छोड़ी हुई मार्जिन के सहारे वह बाक़ी लिखावट के परपेंडिकुलर चार–पाँच लाइनें और भी जोड़ देते। बॉक्स के अन्दर हाथ घुसाती और जो भी चिट्ठी हाथ आती, उसी को पढ़ना शुरू कर देती। कभी 1962 की तो कभी 1957 की। कभी सिर्फ़ दो पन्ने की तो कभी दस की। कभी केवल प्रियतमा से शुरू की हुई तो कभी आगे लच्छी जोड़कर। गिनती करने का सब्र तो मुझमें कत्तई न था पर अन्दाज़ से लग रहा था कि सत्तर या अस्सी चिट्ठियाँ तो होंगी ही। बिस्तर के कोने पर बैठे–बैठे न जाने उस दिन मैंने कितनी चिट्ठियाँ पढ़ डालीं। बॉक्स के अन्दर का ढेर कम होता जा रहा था और मेरी बगल में लगा ढेर बढ़ रहा था।

मा!नसून के आगमन की आशंका हो चली थी इसलिए दोपहर ढलते–ढलते बादल छाने लगे थे। जिस दोपहर के उजाले में मैंने इस वैनिटी बॉक्स को खोला था, वह भी धीरे–धीरे बादलों से ढँक गया था। जिस उत्साह से मैंने चिट्ठियाँ पढ़नी शुरू की थीं, भले ही वह उत्साह कम नहीं हुआ था, पर मेरे मन में एक तरह की थकान आकर बैठ गयी थी। मन खाली होने की थकान। जैसे चिट्ठियाँ पढ़ते–पढ़ते मेरे मन में रची हुई लिखावट को इन चिट्ठियों

की लिखावट ने धुँधला करते–करते मिटा दिया हो। मिटाने की कोशिश में कुछ कुरेद भी दिया हो। काफ़ी बेचैनी होने लगी। न तो यह मुक़दमागिरी वाले एच.सी. थे और न ही अफ़सरगिरी वाले। न तो यह रसोई वाली लच्छी थी और न ही नानी वाली। इन चिट्ठियों में ये शख़्स थे कौन? इस घर में, अल्मोड़ा की सामाजिकता में अपने–अपने परिवारों की पारिवारिकता में या फिर मेरे अपने मन में ये शख़्स तो मुझे कभी भी नहीं दिखाई पड़े। इन चिट्ठियों की लाइनों के बीच में नज़दीकी और बारीकी से देखने का मन होने लगा। क्या पता कहीं कोई पहेली भी लिखी हो? जिसे हल कर मैं अपनी बेचैनी भी हल कर पाऊँगी?

शायद मन की थकान और बेचैनी थी या फिर गहराता हुआ अँधेरा, वैनिटी बॉक्स के अन्दर मेरे हाथ फिर नहीं बढ़े। बगल में रखे ढेर को देखकर लगने लगा कि ये भी मुझे अब नहीं छोड़ेंगे। एक–एक करके उन्हें वापस उनके लिफ़ाफ़े में डाला और फिर बॉक्स के अन्दर वापस उनकी तह लगा दी। उस समय यह ख़याल नहीं आया कि बाद में कैसे जानूँगी कि कौन–से पढ़ लिये हैं और कौन–से नहीं। सारी चिट्ठियाँ अन्दर डाल डिब्बा बन्द किया और उसे वापस उसकी जगह पर रख दिया, रेडियो के बगल में।

पर अगले पूरे हफ़्ते मैंने हर दिन थोड़ी–थोड़ी करके वह सारी चिट्ठियाँ पढ़ डालीं। जैसे मुझे कोई लत लग गयी हो। रात में सोने से पहले चिट्ठी पढ़ती। रातभर काफ़ी उलझन में रहती। सुबह होते–होते वह उलझन हल्की हो जाती। रात में फिर से तीव्र। उस पूरे हफ़्ते का ग्राफ़ ऊपर–नीचे ही होता रहा, पहाड़ के रास्तों जैसा।

विश्वनाथ निकेतन के गुज़रे हुए सीन याद आते रहे। अगर हरीश अपनी पूजा ठण्डे होते हुए नाश्ते के समक्ष निपटाते तो लच्छी थोड़ी–बहुत स्नान के समय। जैसे कि दोनों ही एक–दूसरे से कुछ छिपाने की कोशिश कर रहे हों। पुराने घरों के मन्दिर

और पूजा होती भी थोड़ी अटपटी थी। गृहिणी को पूजा का समय अपनी सहूलियत से ही निकालना पड़ता था, सुबह के काम–काज निपटाकर, नहा–धोकर जब 10–11 बजे के आसपास पूजा का समय होता तो तब ही हरीश के घर से निकलने का समय भी। पति को विदा करने और भगवानों की मूर्तियों को नहलाने के बीच जिस संकट से लच्छी घिरी रहती, उसी संकट को पार करने के लिए भक्ति और भी गहरी होती जाती। जितनी विघ्नहर्ता की अर्चना करती थी, उतने ही विघ्न हरीश ख़ुद ही प्रस्तुत कर देते।

इन चिट्ठियों में बिखरे शब्दों और वाक्यों को पढ़कर कुछ–कुछ साफ़ होने लगा था। हरीश और लच्छी के बीच जो कई मूल मतभेद थे, वे भले ही साल–दर–साल पनपते रहे हों, इनका तय होना उनके रिश्ते में समाहित था। शादी होने के कुछ ही दिनों बाद काशीपुर पहुँचे हरीश ने अपने मत को साफ़–साफ़ बतलाया–"भगवान पर विश्वास के लिए पूछा– विश्वास तो अवश्य करता हूँ लेकिन अन्धविश्वासी नहीं हूँ।" शायद लच्छी ने अपने पिछले पत्र में साफ़–साफ़ पूछ लिया था और हरीश ने बेझिझक बता भी दिया था। "श्रीमती जी धार्मिक विचारों की हैं, यह जानकर बड़ी ख़ुशी हुई"। हरीशचन्द्र को धार्मिकता से नफ़रत नहीं थी पर साधुओं से ज़रूर थी–"कम–से–कम 99 प्रतिशत साधू जोकि शहरों में घूमा करते हैं, कपटी होते हैं," हरीश ने लच्छी को सचेत करते हुए कहा–"साधुओं से थोड़ा दूर ही रहना चाहता हूँ और तुमसे भी यही कहूँगा कि इन लोगों को दूर से ही प्रणाम करना।" भले ही मैं अब यह अटकल ही लगा सकती हूँ कि साधुओं के प्रति हरीश की शून्य आस्था को भाँपकर लच्छी शायद काफ़ी निराश रही होगी, इतना यक़ीन तो है कि यह मतभेद उनके रिश्ते की परिभाषा के लिए काफ़ी ज़रूरी था। नानी की साधुओं के प्रति आस्था न कभी कम हुई और न ही नाना की उनके प्रति नास्तिकता। भले ही नानी अपनी आस्था और भक्ति घर के कोनों और दीवारों के साथ निभाती

रही, वह उस पड़ाव तक कभी न पहुँची जहाँ लगभग साठ साल के वैवाहिक जीवन में उसकी आस्था पलट गयी हो। बल्कि और भी मज़बूत हो चली थी।

पर इन पत्रों में तो हरीश का उतावलनापन नज़र आ रहा था, विघ्नकर्ता वाला रोल नहीं। पारिवारिक सेवा और आदर के प्रति हमेशा जुटे रहने वाले को यह कहने में भी कितना साहस लगा होगा कि मुझमें तो साहस नहीं है पर तुम ही अम्मा और पिताजी से पूछकर मेरे पास चली आओ। या फिर यह कि घर का इन्तज़ाम करते ही तुम्हें बुला लूँगा। हरीश के लिए इससे ज़्यादा साहस या स्वार्थ की बात क्या हो सकती थी कि अपना निजी प्रेम वह शब्दों में लिख डाले, वह भी अपनी पत्नी के लिए? लच्छी इन्हें पढ़कर मुस्कराती होगी या विचलित, शर्माती होगी या आश्चर्यचकित, इसी कल्पना में मुझे हरीश–लच्छी के दाम्पत्य के बारे में सोचते–सोचते घण्टों व्यतीत हो जाते।

क़र्ज़, उधारी, किराया, घर की मरम्मत इन सब के प्रति हरीश से ज़्यादा सचेत कोई नहीं था। चिट्ठियों में भी कभी घी, तो कभी तेल, कभी चावल तो कभी गुड़, इनकी आवत–जावत की व्यवस्था तय करने में भी हरीश कुछ शब्द ज़रूर ज़ाया कर लेते। अपने आख़िरी दिनों तक हरीश की नज़र दो ही मामलों पर टिकी रही–या तो केस से जुड़ी तारीख़ों और काग़ज़ों पर या फिर विश्वनाथ निकेतन की देख–रेख पर। अपना एक टुकड़ा वो अल्मोड़ा ही छोड़ आये थे। लच्छी जितनी सरलता से दिल्ली में जीवन स्थापित करने में लगी हुई थी, मानो वो सरलता हरीश के विघ्नों में विघ्न डाल रही हो।

शायद यह असाधारण बात नहीं है कि जहाँ लच्छी ने हरीश के लगभग सारे पत्र ख़याल से, सँभालकर रखे, वहीं लच्छी द्वारा हरीश को लिखे पत्रों का कोई निशान न था। नानाजी की मृत्योपरान्त मिलीं तो वही काग़ज़ों की धरोहर–कोर्ट केस की फ़ाइलें, आर.टी.आई का पत्राचार, कई सालों की डायरियाँ,

बैंक के काग़ज़। जैसे उनकी अलमारी और सिरहाने पर कोई छोटा–मोटा ऑफ़िस बसता हो। ऐसी कोई चिट्ठी–पाती नहीं थी जो नानी समान उन्होंने किसी बक्से में सहेजकर रखी हो। वैसे तो लच्छी को लिखी हुई चिट्ठियों में ही हरीश ने ''इन्हें कोई पढ़ न ले'' की चिन्ता व्यक्त कर डाली थी। सर्वथा अनुशासन के साथ और निजी सुख एवं स्वार्थ के ख़िलाफ़ मोर्चा बाँधने वाले हरीश को शायद यह भी समझ आ गया था कि भले ही उनके द्वारा लिखे हुए अनेकों सरकारी आवेदन–पत्र, डायरी में भिन्न प्रकार की जानकारी और परिवार सम्बन्धित उनकी अन्य संवेदनाएँ जितने भी लोग चाहे पढ़ लें, लच्छी के प्रति इन भावनाओं को वह अपने पास ही रखना चाहते थे। सोचते–सोचते मेरे गले ने भी कुछ भावनाएँ निगल लीं। जैसे–जैसे गर्मी का महीना बरसात की तरफ़ खिसक रहा था और थोड़ा–थोड़ा नम भी, कुछ वैसे ही लच्छी–हरीश के रिश्ते की सम्भावनाएँ मेरी निर्धारित परिभाषा से खिसककर अनेक सम्भावनाओं को नम करती जा रही थीं।

देखते–देखते माँ और नानी के लखनऊ लौटने के दिन नज़दीक आते जा रहे थे। मैं जब भी नानी को देखती या उससे बात करती तो मेरे सामने किसी–न–किसी चिट्ठी का कोई–न–कोई अंश कौंध जाता। घर के अलग–अलग कमरों में बैठकर मैं यही सोचने लगती कि नानी ने चिट्ठी यहाँ पढ़ी होगी या वहाँ? जब चिट्ठियों में नाम लिये हुए लोगों से मिलती तो उनकी क़ीमत चिट्ठियों की नज़र से ही आँकने लगती–"सुधीर का दाँत आया कि नहीं"–सोचकर लगभग साठ वर्षीय सुधीर मामा की बिना दाँत के कल्पना करती। दीपा का स्कूल कैसा चल रहा है'' सोचकर अब नानी हो गई दीपा मौसी की स्कूली पोशाक में दो गुँथी हुई चोटियों के साथ चित्रण करती। ''हंसा को कहना कि पढ़ाई में ध्यान दे'' वाली बात को याद कर बूढ़ी होती हंसा मौसी के युवती होने की कल्पना करती। इन सब किरदारों और कल्पनाओं के साथ बैठे–बैठे जैसे टाइम–ट्रैवल कर ले जाती। इन नज़रियों

में गुँथे हुए लक्ष्मी और हरीश जब अपना जीवन तय करने की शुरुआत कर रहे थे तो इन्हीं किरदारों और सम्भावनाओं के साथ। और कुछ–कुछ अपनी शर्तों पर भी।

हरीश ने मान लिया था कि लच्छी पूजा–पाठ और साधुओं के प्रति अपना रुझान नहीं तोड़ेगी। लच्छी ने हरीश का सिगरेट प्रेम स्वीकार लिया था। कुछ यह भी तय हो गया था कि हरीश के स्वास्थ्य के प्रति लच्छी की चिन्ता लगभग आजीवन ही बनी रहेगी। भले ही इन पत्रों में हरीश को लच्छी के स्वास्थ्य के प्रति भरपूर चिन्ता लगी रहेगी। "अपनी सेहत का ख़याल रखना, अपनी तरफ़ ध्यान देना," हरीश को लच्छी को यह लिखते हुए पढ़कर मुझे थोड़ा अटपटा लगता। ऐसा नहीं था कि हरीश निर्मम थे या कठोर, पर लच्छी के प्रति इस प्रकार की चिन्ता मैंने उनके मुँह से कभी नहीं सुनी थी। अपितु बूढ़े होते–होते वह यह भूल गये थे कि लच्छी भी बूढ़ी हो रही है। इसलिए इन पत्रों में बैठे हरीश की संवेदनाएँ जीवनकाल के आगे वाले हरीश से भिन्न लगने लगी थीं। और यह तो उन दोनों के बीच हमेशा से ही तय हो गया था कि अगर कुछ सर्वोपरि है तो वह है परिवार के प्रति उनकी कर्मण्यता। जो शर्तें तय तो हुई थीं, वह केवल एक–दूसरे के लिए। उनके साथ बढ़ती–घटती और नयी सम्भावनाओं के लिए नहीं।

आषाढ़ का एक दिन

इन चिट्ठियों को पढ़ने के बाद मैं अल्मोड़ा को नये ढंग से पढ़ने लगी थी। मेरे लिए अल्मोड़ा में रहने के मायने कुछ बदलने लगे थे। मानो मैंने उन चिट्ठियों को खोलते–पलटते कहीं अपने आप को ही खोल–पलट लिया हो। जैसे विश्वनाथ निकेतन के टूटते–दरकते हुए सीमेंट वाले फ़र्श के हर कोने, हर टुकड़े पर वह चिट्ठियाँ फैलकर मेरे लिए एक मानचित्र गढ़ रही हों। कुछ कभी न सोची हुई बातों को आकार दे रही हों। हरीश के सवाल और लच्छी के जवाब जैसे कुछ दिशाएँ तय कर रहे हों। बालकनी से दिखती स्याही देवी और नन्दा देवी की चोटियाँ याद दिला रही हों कि वह तब भी थीं और आज भी हैं। बैठक में टूटे हुए काँच के पीछे छिपे किसी गुमनाम व्यक्ति की फ़ोटो समझा रही हो कि समय के साथ परिचय बदल जाते हैं। इन चिट्ठियों ने मेरे गुज़रे हुए समय और आने वाले समय दोनों के लिए कुछ ऐसी बातें प्रकट कर दी थीं जो इलास्टिक की तरह खिंच–खिंचकर फैलती भी जा रही थीं। और छूटने पर एक ही जगह आकर इकट्ठी भी। मानो कागज़ और स्याही की छाप सिर्फ़ उन चिट्ठियों पर ही नहीं, मेरी आँखों पर आकर ठहर गयी हो।

मैं अक्सर ही पहाड़ों की तरफ़ आषाढ़ के महीनों में पहुँचती हूँ। पारम्परिक हिन्दू कैलेंडर के अनुसार आषाढ़ चौथा महीना होता है। अंग्रेजी कैलेंडर में जून और जुलाई के बीच का महीना। ज़्यादातर भारत के लिए मानसून का महीना। या तो मेरी छुट्टियाँ

ही तब होती थीं या फिर बरखा से हरे हुए पहाड़ों और नज़ारों का मोह ही कुछ ऐसा था कि कहीं और जाने का मन भी न करे। सुबह–सुबह टिन पर पड़ती हुई बारिश की बूँदों की जय के साथ उठने का या फिर आलस्य के साथ बिस्तर में जमे रहने का मज़ा ही कुछ और है। चाय की प्याली भले ही जल्दी ठण्डी हो जाये, उसे दोबारा गर्म करके बारिश में गिरती बूँदों के पर्दे से पहाड़ों को ताकने का अनुभव लाजवाब है। नदियाँ लबलबा उठती हैं, जंगल मखमली और घाटियाँ उतावली हो उठती हैं।

पर इसी आषाढ़ की मनोरमता के साथ–साथ उसकी निर्ममता भी पहाड़ों पर हावी हो जाती है। लगातार बारिश के साथ–साथ पहाड़ी मिट्‌टी और पत्थर दरककर सड़कों और गाँवों में आ गिरते हैं। ऊँचाई पर बसे तोकों में बिजली अक्सर ही आ गिरती है। चट्‌टानों की फिसलन से इनसान और जानवर दोनों ही धोखा खा जाते हैं। जून 2013 में केदारनाथ और आसपास के गाँवों में जो बादल फटा, और अपने साथ भयंकर सैलाब लाया वह भी आषाढ़ के महीने में ही घटा। सुन्दरता में क्या क्रूरता छिपी हो सकती है, इसका परिचय आषाढ़ मास से बढ़कर शायद ही कोई दे सकता है।

लच्छी आषाढ़ के महीने में ही ब्याही थी। तारीख़ तो उसे याद नहीं पर यह ज़रूर याद है कि महीना आषाढ़ का था। ''आषाढ़े दुखिता नारी'' वाली बात नानी ने मुझे कई बार याद दिलाई थी। चातुर्मास की शुरुआत करने वाला आषाढ़ का महीना कई वजहों से कष्टकारी माना जाता है। बारिश के मौसम में कई तरह के संक्रमण वाले रोग फैलते हैं और बीमारियों की अच्छी–ख़ासी फ़सल पनपती है। उमस और गर्मी हालत पतली कर देती है। आषाढ़ में ससुराल से निकली हुई महिलाएँ सावन में अपने मायके को छोड़ वापस दुःख के साथ ससुराल का रुख़ करती हैं। जिस आषाढ़ के महीने में महिलाएँ ख़ासतौर पर मायके जाती हैं, उस महीने में लच्छी पहली बार ससुराल पहुँची। सावन में लच्छी ससुराल लौटकर क्या आती जब वह आषाढ़ में वहाँ कभी गयी ही नहीं।

हरियाली से सजा हुआ सावन का महीना अपने भीतर विवाहित औरतों के सबसे तीव्र दुख को छिपाये रखता है। जिन दिनों मैं अल्मोड़ा में रह रही थी, हर सावन में एक दिन ऐसा होता कि पूरा शहर नन्दा देवी के मन्दिर से इकट्ठा होकर सड़कों पर उमड़ने लगता। नन्दा देवी मन्दिर के आँगन में सजा मेला सूना हो जाता। महिलाएँ रोते हुए नन्दा देवी के डोले के साथ–साथ अपना दुख प्रकट करतीं। क़िस्सा यह है कि आषाढ़ के महीने में लौटी घर की बेटी नन्दा (जो पार्वती का एक रूप मानी जाती है) कैलाश में शिव से ब्याही थी। कैलाश पर्वत पर तो जीवन बड़ा कष्टकारी था। मैत आयी हुई नन्दा को सावन के महीने में वापस भी लौटना ही पड़ता था क्योंकि कैलाश पति ने उन्हें सिर्फ़ इतनी अवधि की ही अनुमति दी थी। जब नन्दा कैलाश को लौटने की तैयारी करती है तो पूरा गाँव रो पड़ता है, और नन्दा को विदा करने के लिए उसके डोले के साथ–साथ निकल पड़ता है। जितनी बार मैं देवी का डोला घर की बालकनी पर खड़े होकर सड़क से गुज़रता देखती थी उतनी बार यही कल्पना करती थी कि क्या कहीं नानी भी वहीं खड़ी होकर ताकते–ताकते यही सोचती होगी कि कम–से–कम नन्दा का इतना सौभाग्य तो था कि वह कुछ दिन अपने घर लौट सकी।

कुछ ब्राह्मणवाद के असर से तो कुछ पहाड़ी पारम्परिकता के चलते, पहाड़ों में व्रतों की भरमार है। अगर आप विश्वास करें तो हफ़्ते के हर दिन व्रत रखने के लिए कोई–न–कोई वजह ढूँढ़ ही सकते हैं। और ख़ासकर महिलाओं के लिए, एक क्या दो वजहें भी मिल सकती हैं। उसके अलावा साल के कुछ मुख्य व्रत तो रखने ही होते हैं–चैत में वट सावित्री तो सावन में द्योड़–दुबज्योड़, कभी शिवरात्रि तो कभी जन्माष्टमी। अनेक प्रकार की विशेष पूर्णिमा और अष्टमी तो लगी ही रहती है। लच्छी ने भी अनेक व्रतों का बीड़ा उठा रखा था। इतना कि लोगों को समझाना पड़ता कि एक आध कम कर लो। पर आमतौर पर

लचीली लच्छी व्रतों के मामले में काफ़ी अनुशासित थी क्योंकि सारे व्रतों की वजह हरीश थे।

हरीश की सेहत और हरीश का पारा दोनों ही ज़्यादातर बेक़ाबू रहते थे। इसका सीधा असर पारिवारिक जीवन के साथ–साथ कार्यकारी जीवन पर भी पड़ता ही था। कभी अचानक ही डॉक्टर को बुलाना पड़ता तो कभी उतनी ही अचानक घर के बाहर इकट्ठी भीड़ को सँभालना पड़ता। 1960 के दशक में जब पहाड़ों के दूरदराज़ के गाँवों में बिजली का जाल बिछना शुरू हो ही रहा था तो हरीश ने उसे अपनी निजी ज़िम्मेदारी ही मान लिया। कभी गाँवों और जंगलों में लगे कैम्पों में हफ़्ते–हफ़्ते लापता रहते तो कभी वहाँ मलेरिया का शिकार भी हो जाते। इसी दौरान एक शेरनी और उसके दो छोटे बच्चों से उनके आमने–सामने की कहानी तो मैंने उनके मुँह से ही कई बार सुनी थी। कभी बिजली के खम्भे पर ख़ुद ही चढ़ जाते। निकम्मे लोगों से तो ज़्यादती दुश्मनी मोल ले लेते। लच्छी के बस में यह तो था नहीं कि इन सब बातों को वह सँभाल सके। इसलिए जितनी ऐसी घटनाएँ बढ़तीं, उतनी ही लच्छी के व्रतों की प्रतिज्ञा भी। इन व्रतों की कतार से सबसे ज़्यादा चिढ़ने वाले और कोई नहीं, हरीश ही होते। आषाढ़े दुखिता नारी।

यही कारण था कि बहुत भक्तिमय होते हुए भी लच्छी कभी भी कोई ऐसा आयोजन घर में न करा पाती। एक–दो बार कराया भी तो नानाजी ने अपना टेम्पर ऐसा खोया कि लच्छी तो क्या, आने वालों ने भी तय कर लिया कि अब बुलायेंगे तो भी नहीं आयेंगे। पर तीज–त्योहारों में उनको भी उतना ही मज़ा आता था। घर में लोग आयें, पकवान बनें और लोग खायें–यह आशा भी उनकी पूरी थी। पर पूजा–पाठ की नहीं। हरीश की मृत्यु मकर संक्रान्ति से पहली वाली शाम को हुई। यह मुझे भी इसलिए याद रह गया क्योंकि जब ख़बर सुनकर मैं अल्मोड़ा से दिल्ली भागी तो पहुँचने पर नानी के हाथ के रोट और खजूरे खाये थे।

पहाड़ों में मकर संक्रान्ति के उपलक्ष्य पर आटे, चीनी, घी इत्यादि से बर्फ़ीनुमा खजूरे और पूड़ीनुमा रोट बनते हैं। इन्हें बच्चे एक माला में गूँथकर पितृ रूपी कौओं को खिलाते हैं। हरीश को खजूरे बहुत पसन्द थे। उनकी बिगड़ती हालत में भी नानी को यह याद रह गया था और उसने अपने हाथ से स्वादिष्ट खजूरे बना डाले थे। क्या पता संक्रान्ति के दिन कक्कू फ़रमाइश कर डाले। जिस हाथ से रोट बनाये उसी हाथों से एक फूल मन्दिर में रख दिया। "या तो इनको कष्ट मुक्त करो या इन्हें मुक्त करो" की अर्ज़ी के साथ। अगर हरीश को पता होता तो शायद वह खजूरे से ख़ुश और फूल से नाराज़ ही होते।

उम्र के साथ नानी के व्रत कम होते चले गये और फिर पेट की बीमारी के साथ तो बन्द ही हो गये। पूजा का समय भी खाने से पहले न होकर खाने के बाद शिफ़्ट हो गया। उधर हरीश की खाने के प्रति जितनी अकड़ थी, वह भी कम–से–कम ही होती गयी और स्वाद की इच्छा तो लगभग दोनों ने ही अलग कर ली। अगर लच्छी के व्रत कम हो गये थे पर भक्ति नहीं, तो हरीश का शरीर बोझिल हो गया था पर काम न होने की बेचैनी नहीं। देखा जाये तो दोनों को अपनी ही धुन थी। अन्तर था तो केवल यही कि एक की धुन की वजह से दूसरे की धुन अक्सर ही सिद्ध नहीं हो पाती। आषाढे दुखिता नारी।

हरीश–लच्छी के अल्मोड़ा में एक साथ बिताये हुए आख़िरी दिनों के बारे में मैं अक्सर ही सोचा करती थी। बड़े परिवार की आवत–जावत में ही उनके ज़्यादातर दिन बीते, पर अल्मोड़ा में बिताये आख़िरी कुछ वर्षों में उन सब बातों में कुछ फीकापन आ चुका था। कुछ भाइयों के बीच कड़वाहट जम गयी थी और कुछ उम्र के साथ–साथ शरीर की क्षीणता। बच्चों और बढ़ते नाती–पोतों के साथ कुछ उनकी व्यस्तताएँ तो कहीं थोड़े बहुत मनमुटाव भी। इन सब के बीच 'कुछ नहीं बदला' वाली भावना तो शायद किसी में न थी। पर सब उससे जूझते ही रहते थे। कभी पुराने दिनों

की यादों में मग्न होकर और कभी उन्हीं से दुखी होकर भी। पता नहीं हरीश और लच्छी इस बारे में आपस में चर्चा करते भी थे कि नहीं। करते भी थे तो न जाने किस भाषा में।

हरीश की फ़ितरत थी भी तो कुछ ऐसी ही कि कहीं जाते भी तो वापसी का टिकट काटने की बात पहले ही कर देते। यह तो निश्चित ही था कि उनका टिकट कटेगा तो लच्छी का भी। लच्छी को भी इस बात की भनक नहीं पड़ती कि कब जाकर टिकट ले भी आयें और कपड़े बिस्तर वापस होल्डौल में बाँधने पड़ें। सिपाही के जैसे हमेशा ही तैयार रहना पड़ता—आने के लिए भी और जाने के लिए भी। बेटे—बहू, बेटी—दामाद, नाती—पोतों की मर्ज़ी की क्या मजाल कि हरीश की इच्छा बदल सकें। यह कल्पना तो हो ही नहीं सकती थी कि बिना लच्छी के हरीश कहीं आते—जाते, और न ही लच्छी में इतना साहस कि वह इस बात को प्रकट कर दें। प्रकट कर भी दें तो सार्थक कहाँ से करती?

शायद इस कारण ही हरीश के मृत्योपरान्त विश्वनाथ निकेतन में अकेले वापस आना, लच्छी के लिए केवल अकल्पनीय ही नहीं, बहुत साहसी भी था। इस बात को समझने में मुझे काफ़ी समय लग गया। जिस विश्वनाथ निकेतन का परिचय ही हरीश के साथ बुनी पारिवारिकता से था, उसमें हरीश बिना प्रवेश करते हुए लच्छी ने अपना दिल मज़बूत ज़रूर किया होगा। साठ साल में एक साल कम लम्बा यह रिश्ता काफ़ी अद्भुत था। पता नहीं क्या रील दौड़ी होगी नानी की आँखों के सामने? पता नहीं कौन—सी आवाज़ गूँजी होगी कानों में? पता नही कौन—से चेहरे पलकों में उतरे होंगे? पता नहीं घर के कौन—से कोने ने कौन—सी बात याद दिलाई होगी? स्टोर में रखे बक्से में से जब मैंने और माँ ने नानी की शादी का लहँगा निकाला था तो वो एकदम नये जैसा था। न सिलवटें पड़ी थीं और न ही चमक कम हुई थी। जैसे लच्छी की शादी के बाद एक भी साल न गुज़रा हो। यादों की सिलवटें लहँगे पर हों न हों, मन में ज़रूर थीं। जैसे बक्से

ने समय को ख़ुद में ही क़ैद कर लिया हो, और छोड़ने के लिए तैयार ही न हो।

शायद शुरू–शुरू में इसलिए ही अल्मोड़ा में पुनर्गमन के दौरान लच्छी हर देहली पर थोड़ा ठिठक जाती। मानो चलते–चलते किसी ने आवाज़ लगा दी हो। पहाड़ों में परम्परागत शैली से बने घरों में रसोई के दरवाज़े की चौखट बहुत नीची होती है। एक औसतन क़द के इन्सान को भी झुककर ही निकलना पड़ता है। कहा जाता है कि यह चौखट इतनी नीची इसलिए थी ताकि घर की बहुओं को झुककर ही रसोई में प्रवेश करना पड़े। विश्वनाथ निकेतन का नया हिस्सा परम्परागत शैली से तो नहीं बना था, पर रसोई की चौखट यहाँ भी काफ़ी नीचे ही थी। रसोई में आदमियों का आना तो वैसे भी निषेध था। वह तो बहुओं के ही सुपुर्द होती थी। पर लच्छी क़द की इतनी छोटी थी कि उसे इस चौखट पर भी झुकना नहीं पड़ता था। शायद यही वजह थी कि हर परिवेश में लच्छी सहज रूप से तालमेल बैठा लेती, आसानी से अपने आपको ढाल लेती। पर रसोई की चौखट की तरह अपने मन को झुकने नहीं देती। हर स्थिति की एक चौखट बनाती और वह भले ही कितनी ही नीची हो, लच्छी बिना झुके उसे लाँघ ही जाती।

अगर बिना झुके ही लच्छी रसोई की देहली लाँघ जाती, तो इतने सालों बाद पूजाघर में भी कुछ ऐसी विराजमान हुई जैसे कभी कहीं गयी ही नहीं थी। अल्मोड़ा में रहते हुए मैं मन्दिरों और विधियों से पहले से और भी ज़्यादा चट गयी थी। नास्तिक तो मैं नहीं हूँ पर इतनी सहनशील भी नहीं कि हर वार के डू'स एंड डोंट'स या हर तिथि की शुभ–अशुभ मान्यताओं को समझने का धैर्य हो। मंगलवार और शनिवार को किसी के घर नहीं जा सकते। अगर किसी घर में मृत्यु जैसी कोई दुर्घटना हुई हो तो केवल शनिवार को ही जा सकते हैं। अमावस्या के दिन किसी शुभ काम की शुरुआत नहीं कर सकते। मायके आयी लड़की

नौवें दिन घर से ससुराल नहीं जा सकती। इतनी बातों को ध्यान रखने वाली तो नानी भी नहीं थी पर अल्मोड़ा के परिवेश में आप अगर इसे भूल भी जायेंगे तो कोई और याद दिला ही देगा। वहाँ रहते हुए मुझ पर भी इतना असर होने लग गया था कि भले ही पूजाघर में ख़ुद कभी कुछ नहीं करती पर धूल पोंछकर व्यवस्थित ज़रूर कर देती। कभी कोई किसी अवसर का प्रसाद देता तो उसे वहीं लाकर रख देती। ख़राब न हो जाये, इस ख़याल से अगले दिन उसे खा भी लेती। जब नानी पूजाघर की साफ़–सफ़ाई करके आसन के रिक्त स्थान पर जाकर बैठी तो ऐसा लगा कि किसी पहेली का आख़िरी टुकड़ा मिलकर चित्र पूरा हो गया हो। कई सालों पहले मीना मौसी द्वारा दिये गये ऐपण पर बिछी हुई प्लास्टिक शीट जब उतरी तो लगा जैसे घर की आबोहवा से कुछ सालों की परत छिल गयी हो।

अल्मोड़ा में गुज़ारे दो सालों में मेरे लिए बहुत कुछ बदल गया था। जिस पहाड़ियत को मैं दूर से केवल नाते–रिश्तेदारों और कुछ पर्व–त्योहारों के परिचय से समझती थी, वो थोड़ी और जटिल हो चुकी थी। अल्मोड़ा की नागरिकता में ही कितनी जटिलताएँ है, यह मुझे समझ में आने लगा था। राजनीतिक समीकरणों के बदलाव के साथ–साथ नगर के प्रतिनिधियों और बाहुबलियों की पहचान में जो जातीय परिवर्तन हो रहे थे, उससे अग्रणी जातीय समाज में जो रोष था, वह छिपा नहीं था। अपने आप को सामान्यता का पुतला समझने और बतलाने वालों की निराशा उन पर ही हावी हो रही थी। पारिवारिक इज़्ज़त का निर्वहन करती हुई कुछ महिलाओं ने अपने तरीक़े से विद्रोह करना शुरू कर दिया था। जैसे–जैसे पत्थर और मिट्टी के घर सीमेंट के घरों से ढँकते जा रहे थे, वैसे–वैसे कई तरह की नैतिकताओं की भिड़न्त हो रही थी। नौकरियों की मार और बेरोज़गारी, जो पहाड़ी प्रान्तों में चिरस्थापित है, उसने शहरों को और भी उतावला कर डाला था। अगर उत्तराखण्ड की स्वतः राजनीतिक पहचान

दिल्ली में उसके लिए कुछ बदल नहीं पायी थी तो अल्मोड़ा ख़ुद अपनी पुरानी और नयी पहचान के बीच जूझ रहा था।

गाँव–गाँव तक पहुँची सड़कें अगर अपने साथ शहर के बाज़ार भी गाँव तक ले पहुँची थीं तो वहीं सड़कें गाँव के बच्चों को शहर के स्कूलों में ले आयी थी। अगर गाँव की बुजुर्ग महिलाओं को अपने बच्चों से खेती–बाड़ी की ओर ध्यान न देने की शिकायत थी तो बच्चों को उनके कूपमण्डूक बने रहने की। सड़कें बनने से अगर किसी को पहाड़ों के टूटने और गिरने का गम था तो किसी को उनके न बनने से अस्पताल और सरकारी कार्यालयों तक न पहुँच पाने का। किसी को मोबाइल की सुविधा से प्यार था तो किसी को मोबाइलों से होती इश्क़बाज़ी पर नाराज़गी। कहीं मन्दिरों में चढ़ाई जाने वाली पशुबलि पर सरकारी रोक से सामाजिक सुधार की आशा तो कहीं धार्मिक भावनाओं पर सरकारी प्रहार की निराशा। कहीं धार्मिक स्थलों की यात्राओं के सरकारीकरण से उसके सुसंचालित होने की अपेक्षा तो कहीं ऐसी यात्राओं से जुड़ी भक्ति और श्रद्धा का हनन। कहीं बढ़ते सरकारी स्कूलों से गाँवों को सुविधा तो कहीं उनसे केवल सरकारी नौकरियाँ बढ़ने की स्कीम का षड्यंत्र। अगर नशे की समस्या ज्यों–की–त्यों बनी हुई थी तो गिरते हुए महिला जन्म–दर ने एक नयी समस्या पैदा कर दी थी। अगर सरकारी स्वास्थ्य सेवाओं का स्तर बद से बदतर होता जा रहा था तो गाँव–गाँव में एम्बुलेंस और गाड़ी की सेवा में उतनी ही बढ़ोतरी। अगर हर कोने में एन.जी.ओ. पहुँच गये थे तो उतने ही लड़की–लड़कों के जीवन और समाज के प्रति दृष्टिकोण में ईन–मीन–साढ़े तीन बदलाव भी। अगर प्राचीन मन्दिरों की टक्कर में नये आश्रमों की नयी फसल उग गयी थी तो धीरे–धीरे जातीय और आर्थिक अन्तर्द्वेषों की गर्मी भी। अगर पहाड़ों की ज़मीन खिसक–फिसलकर सड़कों और खेतों तक पहुँचने लगी थी तो उनको साफ़ करने के लिए दर्जनों जे.सी.बी. मशीनें भी। सर्दियों की बर्फ़, बरसात का पानी,

बसन्त के फूल और गर्मियों का सुहानापन सब कुछ ऐसी वजहों से तय होने लगे थे कि यह तय कर पाना कठिन हो गया था कि इनमें कौन–सी नयी पहाड़ियत पनप रही है? लखनऊ, दिल्ली या देहरादून की नज़र से नहीं पर इन गाँवों, बाज़ारों, सड़कों और शहरों के ढाँचे से।

अगर मेरे आसपास के लोग इन बदलती हुई संवेदनाओं को पकड़ने में लगे हुए थे तो मैं ख़ुद भी कुछ बातों को पकड़ने और कुछ को छोड़ने के प्रयास में लगी हुई थी। सीढ़ियों और गलियों के बीच बसे मोहल्ले फैल भी रहे थे और सिकुड़ भी। ख़ुद विश्वनाथ निकेतन की टिन की छतें कहीं–कहीं टूटकर गिर रही थीं और बरसात के पानी से कमरे लबालब भर रहे थे। पुरानी छत और दीवारों को भी मालूम ही पड़ गया था कि कोई वापस आने वाला नहीं है। पूरा घर ही निराश हो चला था। ताले मुँह फुलाकर लटके हुए थे और कुण्डियाँ सिकुड़कर अटकी हुई थीं। फ़र्श रूआँसे से होने लगे थे और दीवारें थोड़ी गुस्सा। इन गुस्सैल दीवारों पर टँगी हुई फीकी पड़ती भगवानों, पूर्वजों और रहनुमाओं की तस्वीरें शायद रात में आपस में बड़बड़ाती भी थी। कभी–कभी ऐसा भी लगता कि जैसे बिस्तर पर लेटी हुई लच्छी रात के सन्नाटे में इनसे कुछ कह रही हो। पर ज़्यादातर वो चैन से सो रही होती थी।

इस्तेमाल करने के बाद चीज़ों को ज्यों–की त्यों छोड़ने की जो हिदायत माँ ने बचपन में कूट–कूटकर डाल दी थी, वह मुझमें रम ही गयी थी। कई बार इस ज्यों–की–त्यों व्यवस्था के बिना काम ही आगे नहीं बढ़ पाता। अल्मोड़ा में दो साल बिताने के बाद जब मैंने अमेरिका का रुख़ करने की तैयारी की, तो ज्यों–का–त्यों वाला विचार मेरे लिए भारी संकट बन गया। आख़िरकार इस घर का ज्यों–का–त्यों क्या था? लगभग 200 साल पहले बनी पहली नींव या फिर 60 साल पहले बनी पहली मंज़िल? निचली और पहली मंज़िल को जोड़ती हुई लकड़ी की चरमराती हुई सीढ़ियाँ

या फिर बिना खिड़कियों वाला एक कमरा? इसे ज्यों–का–त्यों कैसे छोड़ूँ? मीना मौसी की तरह हरसम्भव चीज़ को ताले के पीछे बन्द कर दूँ या फिर मँझले नाना की तरह हर चीज़ का हिसाब लिख डालूँ? हरीश की तरह ताले–चाभियों की व्यवस्था का एक नया मानचित्र बनाऊँ या फिर बड़े नाना की तरह आधा दर्जन चिट्ठियाँ लिख डालूँ? नानियों की तरह पूजा समेटूँ या नानाओं की तरह बिस्तर? ऐसा लगने लगा कि इस ज्यों–का–त्यों के भँवर में मैं केवल चक्कर ही काटती रह जाऊँगी।

पर इसी भँवर में मुझे यह भी अहसास हुआ कि कुछ ज्यों–का–त्यों रह ही नहीं सकता। बड़ी परेशानी हुई। गुस्सा भी आया क्योंकि इतने सालों में मैंने ख़ुद को ज्यों–का–त्यों का महारथी मान लिया था। और कुछ हो न हो, ज्यों–का–त्यों तो मैं ज़रूर कर सकती हूँ, ऐसा विश्वास मैंने काफ़ी समय से ख़ुद के लिए क़ायम कर लिया था। पर वैनिटी बाक्स में भरे उन काग़ज़ों ने, अल्मोड़ा की पलटती काया ने, नानी की बदलती छवि ने मुझे यह जताना शुरू कर दिया था कि न ही ज्यों–का–त्यों रह सकता है और न ही त्यों–का–ज्यों। पर हाँ, कुछ कड़ियाँ और कुछ लड़ियाँ ऐसी हैं जो ज्यों–से–त्यों का रास्ता और त्यों–से–ज्यों की वापसी ज़रूर खोल देती हैं। लच्छी मेरे लिए वही एक कड़ी है। विश्वनाथ निकेतन को जून 2015 में आख़िरी ताला लगाते हुए जब मेरी आँखें नम होने लगीं, तब मुझे अचानक से एहसास हुआ कि उस कड़ी में अब मैं भी जुड़ गयी थी। बारिश की पहली बौछार गिरने लगी। सीढ़ी से गाड़ी तक पाँच फ़ीट के रास्ते में हलका भीग जाने पर मुझे यही सन्तोष हुआ कि नम आँखों से टपका पहला आँसू बारिश के पानी से धुल भी गया।

❑❑